Pier Paolo Pasolini

Alí mit den blauen Augen

Erzählungen, Gedichte, Fragmente

Aus dem Italienischen
von Bettina Kienlechner und
Hans-Peter Glückler

Piper
München Zürich

Die Originalausgabe erschien 1965 unter dem Titel
»Alí dagli occhi azzurri«
bei Aldo Garzanti Editore, Mailand.
Die Erzählungen »Gas«, »Mignotta« und
»Studien über das Leben in Testaccio«
wurden von Hans-Peter Glückler übersetzt,
alle übrigen von Bettina Kienlechner.

Von Pier Paolo Pasolini liegen in der
Serie Piper bereits vor:
Teorema (200)
Vita Violenta (240)
Mamma Roma (302)
Gramsci's Asche (313)
Accattone (344)
Die Nachtigall der katholischen Kirche (560)
Chaos (783)
La notte brava (988)
Weitere Werke sind in Vorbereitung.

ISBN 3-492-10917-9
Deutsche Erstausgabe:
August 1990

Umschlag: Federico Luci,
unter Verwendung des Gemäldes
»Uomo che legge il giornale« (1958) von Renato Guttuso
(Oleggio, Collezione F. Beldi)
Gesamtherstellung: Clausen & Bosse, Leck
Printed in Germany

Inhalt

Vorbemerkung

Sämtliche Personen und Handlungen dieses Buches sind erfunden etc. etc. Jede Ähnlichkeit mit wirklichen Ereignissen und lebenden Personen ist rein zufällig etc. etc.

Ich danke Sergio Citti, dessen Dämon dieses Buch durchwirkt.

Ich danke auch Ninetto Davoli für sein unbeabsichtigtes sprachliches Mitwirken und vor allem für seine Fröhlichkeit:

Und da kommt ein ganz Besessener ins Parkett, mit süßen,
lachenden Augen,
wie die Beatles gekleidet.
Während große Gedanken und große Taten
in die Verbindung jener Reichen mit dem Schauspiel verwickelt sind,
das auch für ihn gemacht ist, schreibt er mit seinem dünnen Finger eines Karussellpferdchens
seinen Namen »Ninetto«
in den Samt der Lehne (unter einen kleinen Nacken mit Ohren,
der die Verhaltensnormen und die Idee der freien Bourgeoisie verkörpert).

Ninetto ist ein Bote,
und wenn er (mit einem Zuckerlächeln,
das aus seinem ganzen Wesen strömt,
wie bei einem Muselmanen oder Hindu)
die Schüchternheit besiegt,
tritt er auf wie in einem Areopag,
um von den Persern zu sprechen.

Die Perser, sagt er, drängen sich an den Grenzen.
Doch Millionen und Abermillionen von ihnen sind schon gewaltlos eingewandert,
sind hier, an der Endhaltestelle der Straßenbahnlinien 12, 13, 409.

Und was für schöne Perser!
Gott hat sie nur skizziert, in der Jugend,
wie die Muselmanen oder die Hindus:
Sie haben die gedrungenen Linien der Tiere,
die harten Backenknochen, die gequetschten Stupsnasen,
die langen Wimpern, die gekräuselten Haare.

Ihr Anführer heißt:
Alí mit den blauen Augen.

(1965)

Nacht über dem ES

Nach dem Tod von Rafeles Vater heiratet seine Mutter wieder. Er ist zehn oder zwölf (es ist die Zeit der Erstkommunion mit Remo); dann stirbt auch seine Mutter, und der Stiefvater nimmt sich eine neue Frau, so daß Rafele zwei Fremde als Vater und Mutter hat. Er ist zwei- oder dreiundzwanzig und arbeitslos; jeden Monat muß er 1500 Lire heimbringen; manchmal kann er dieses Geld jedoch nicht auftreiben, und wenn er dann nach Hause kommt, ist die Tür verriegelt.

Er ist ausgesperrt. Trastevere leert sich (an den späten Abenden der ersten noch kalten und klammen Frühlingstage); zurück bleiben die dreckigen und toten Gassen unter den Laternen. Santa Maria in Trastevere menschenleer (tagsüber so gedrängt und voller Leben; die vom Café an der Ecke Via della Fonte d'Olio, die von dem an der Ecke Via San Gallicano; die Juden, die Fischhändler von der Piazza San Cosimato, die Fremden, die Schwulen, die Putzfrauen, die Straßenjungen). Mitten auf der Piazza, die wie ein Innenhof wirkt, tröpfelt der Brunnen. Das goldene Mosaik an der Kirche glänzt schwach und stumpf.

In der Via della Scala die letzten Halbwüchsigen; Rowdies oder Strichjungen; der eine oder andere alte Betrunkene.

Wenn die Nacht mild genug ist, schläft Rafele unter den Brücken (Ponte Sisto oder Ponte Mazzini); sonst läuft er herum, den Lungotevere entlang, bis halb fünf, bis das Café in einer Gasse beim Campo dei Fiori öffnet; dort geht er hinein und schläft auf einem Stuhl. Andere Male verbringt er die Nacht bis zum Tagesanbruch in der Straßenbahn (der *Esterna Rossa*), die er gegen ein Uhr unten am Ponte Sisto, an der Einmündung der Via dei Cappellari besteigt.

Nichts ist Rafele vertrauter als dieser Ort. Die angenehmsten und gewaltigsten Eindrücke bleiben, von Jahr zu Jahr, in den vom Gebrauch abgenutzten Zeitspannen übrig. Der weiße Tiber, die himmelblauen und lila Bootshäuser von Ciriola auf der lichtverblaßten

Oberfläche der Strömung; Kopf- und Fußsprünge von den Sockeln der Pfeiler (wo jetzt die Strudel so dunkel sind). Eine vollkommene Vertrautheit mit diesen Gegebenheiten, die zu einem Teil von ihm geworden und von der Gewohnheit bereits gelöscht sind; er ist ein geradezu glühender *Trasteverino*. Dreist, von derselben stinkenden Hitze durchtrieben, die an den Steinbänken, Ufermauern und Pfeilern des Ponte Sisto haftet.

Jetzt, zwischen Winter und Frühling, sieht die Identifikation anders aus: Die Nacht zählt mehr als der Tag. Der Tag verliert sich in einer tiefgreifenden Zerstreuung, wie in einer Ekstase. Die einen gehen zur Piazza San Cosimato, um zu arbeiten (Fischverkäufer, Gemüsehändler), andere ziehen mit ihren Karren nach San Paolo, andere zu einem der weiter entfernten kleinen Märkte (dem Trionfale oder Annibalino), andere wieder bleiben im Viertel, in den lakritzschwarzen Reparaturwerkstätten der Mechaniker, und füllen die Gassen mit der elegantesten Vulgarität, die es gibt. (Das Geschlecht in den Overalls, deren Schritt am Knie hängt und die an den Hüften hauteng sind; die Frauen mit ihren prallen Fleischpaketen; die Mädchen in den kardinal- und indischroten Glockenmänteln, die sich über die kohlstinkenden Gassen zurufen: »Ist Isabella da?« »Die wäscht sich grad« –, Stimme aus dem Inneren, aus dem moderdunklen Inneren, mit der Wäsche des nackten Mädchens.)

Das Treiben des Tages verdunstet unter der flimmernden Sonne: Ponte Sisto, wie immer abwesend. Gewölbt im hellen Licht unter den Schritten anonymer und folglich anständiger Leute. Jetzt, nachts, dient die Brücke höchstens zwielichtigen Herumstreichern: Drei Jungen (einer mit einem hellblauen Pullover, vielleicht kommen sie aus dem Kino Farnese?); zwei Männer, keine *Trasteverini*, nicht einmal Römer; ein älteres Paar, der Mann schwarz wie ein Araber, schwerfällig und angetrunken.

Die Nacht ist ungreifbar; die Luft ohne Wirklichkeit; der Himmel bald aufgewühlt, bald klar. Rafele kennt fast jeden Jungen, der dort vorbeikommen könnte; und auch die Männer; aus seiner inneren Unzufriedenheit heraus hofft er, bei vielen an ein paar Moneten zu kommen: Möglich ist das immer, wenigstens zehn Lire für eine Zigarette. (Vor allem müßte jetzt ein Fremder kommen, diskret, das Gesicht halb hinterm Mantelkragen verborgen, mit langen »Schmeicheleien« und ernsten, ein wenig kameradschaftlichen Reden; ist Rafele schließlich nicht einer von denen, die sich rühmen können, nie jemandem etwas angetan zu haben? Dem Prinzip einer eigenen Ehrbarkeit treu geblieben, hat er jegliche Würde verloren, er tut alles mit dem guten Willen zu gegenseitigem Respekt, zu Toleranz. In erster Linie achtet er auf den eigenen guten Ruf, den man im Café an der Ecke Via della Fonte d'Olio wie in einer Zunft erlangt.

Ehe das ES kommt, findet natürlich die eine oder andere derartige Begegnung statt. Zwei alte Bekannte in bester Stimmung. Dem Schniek der beiden Wanda-Osiris-Typen hält Rafele die stählerne, schützende Männlichkeit seines Körpers im abgewetzten Doppelreiher entgegen, denn die rücken sowieso keine Lira heraus.

Die Straßenbahn *Circolare Rossa*: Klima (stickig, fiebrig, unbewegt), grelles Licht, das alles in törichte Deutlichkeit rückt; das zu dieser Stunde übliche Gedränge, Menschen, über die Sitze verteilt, in instinktiver Abwehr, von Müdigkeit gerötet und aufgedunsen, geschaukelt und abwesend. Die Würdelosigkeit Rafeles, der »kein Zuhause« hat, gegenüber diesen Leuten, die mit dem ganzen Körper ihr Familienleben zur Schau tragen, das nur vorübergehend verloren, jetzt wieder begierig aufgenommen wird. Rafeles Gleichgültigkeit ist eine gänzlich andere als die dieser Leute; armer Rafele, er setzt sich auf einen Platz, der ihm nur zusteht, weil er fast die Hälfte seines ganzen Besitzes dafür hergegeben hat (zwanzig Lire, jetzt bleiben ihm noch die restlichen dreißig für den Kaffee, doch er hat die Hoffnung, sie noch bis zum nächsten Abend aufsparen zu können). Rafeles Würde baut allein auf die Möglichkeit, daß jeder Fahrgast wenigstens eine Haltestelle vor ihm aussteigen kann: sich von der Nacht fremder Viertel auslöschen lassen. Von Ponte Sisto zu Ponte Garibaldi (die Bar Grandicelli ist noch geöffnet; aus den sterilen Wartesälen flimmert ein Untertageslicht auf den verlassenen Bürgersteig). Rechts, an der Ecke auf der Seite der Brücke, ein paar Gestalten. Rafeles Hoffnung hinter der Scheibe, schwacher Schutzschild gegen die verweste Vertrautheit seines Viertels. Hoffnung, die sogleich wieder schwindet. Rafele schlägt seinen Jackenkragen hoch. Zwischen dem nebelverhangenen Himmel und dem kadaverischen Tiber, auf der fast menschenleeren, dröhnenden Brücke, lastet auf einmal die schwielige Oberfläche der Nacht: pflanzengrün und apenninisch (tagsüber, am rechten Arm des Flusses, zwischen der Tiberinsel und dem Ufer von Trastevere, am höchsten Punkt der Reihe klarer Kulissen, wie in einem Hintergrund des Piero oder Giovanni Bellini, zwischen Architekturen, die auf so friedvolle Weise alt sind, daß sie aus Elfenbein scheinen, tauchen die Umrisse, der erstarrte, azurne Schleier des Apennins auf). Und die *Circolare Rossa* rast die Via del Re entlang.

Auflösung der nächtlichen Leere dieser Stunde, an den Karussells (Piazza Mastai noch einsamer, starrer, noch perspektivischer als auf einem Druck).

Ende des alten Festes: zwei oder drei Uhr nachts (doch was für ein Unterschied zur selben Stunde in der heutigen Nacht); Auflösung, Verzerrung im grellen Licht, Schallplatten, die bis ins Innerste der Gruppen schmettern, und das wirkliche Auflösen des Festes. Ein paar Grüppchen streifen noch durch die Via del Re, sommerliche Vorortsmode – »Amihemden«, offen auf der nackten Brust. An der Ecke einer Gasse oder der Via San Gallicano eine besonders draufgängerische Gruppe von trasteverinischer Eleganz, in draufgängerischer Fröhlichkeit. Eine Stimme erhebt sich, durchdringt mit einem langgezogenen und provozierenden *Chissà, Chissà, Chissà*... die Stille.

Der Sänger, ein vielleicht schwindsüchtiges Bürschchen, mit blonden, über den Augen zurechtgeschniegelten Fransen, die Wangen etwas aufgeschwollen, mit einem schmalen Brustkorb wie dem einer kleinen Hure. Trotz seiner Schmächtigkeit scheint er der Draufgängerischste. Niemand könnte besser als er das hinreißende *Chissà, chissà, chissà* des Schlagers, der zu dieser Zeit wie keine andere Melodie überall höchste Begeisterung hervorruft, in diese Nacht im Jahr '50 schmettern: Rafele gewiß nicht.

Die kleinen Jungen auf der Piazza Mastai, hinter den Kulissen des Festes, in ihrem Aufzug und ihrem Ausdruck erwachsen, doch aufgestachelt vom Ausgeschlossensein, in welches sie ihre nur scheinbare Unschuld zwingt, fest entschlossen, diese Distanz aufzuholen, von ihrem Randbereich ins Zentrum vorzudringen, erhaschen in ihrer zynischen und unfehlbaren Sinnlichkeit die Stimmung des Augenblicks, den Moment der entzündlichsten Gegenwart; sie entlokken dem Modeschlager die herausforderndste und offensivste Intonation, die glühendste Modulation, die heißeste am meisten von Verachtung und Kenntnis durchtriebene – Neugkeit... Heutzutage besteht in Rom der Unterschied zwischen solchen kleinen Jungen und den Halbwüchsigen mehr als je zuvor in der Quantität, die Qualität ist dieselbe.

Die blau-schwarz gestreiften Baumwollhemden, die die schlaksigen Schultern der Flußjungen bedecken und an der schmalen Taille gerafft sind, die hautengen Hosen etc. etc. bleiben dieselben.

Der ironische Blick, oder besser gesagt, das Sich-Verschließen der nunmehr verhärteten Person in müßiggängerischer Heiterkeit, die das Versagen der mittlerweile weit gewichenen Scheu ersetzt; die Wärme gefühlsloser Herzlichkeit und treuloser Anhänglichkeit, der Bandenstolz des Viertels etc.

Von den Mauern der Piazza Mastai, so würdevoll, herzöglich, eher norditalienisch (aus der Gegend von Parma oder Modena könnte man meinen) schallen erwärmt und klar die »offensiven« Töne des alltagstrunkenen Schlagers wider. Sie streifen die Bürgersteige, die schattigen Ecken, den Boden vor den Glastüren der Pizzerien. Dieser Widerhall der Töne bläht und verletzt die Nacht, läßt sie bis zur Entzündung anschwellen, verleibt sich ihr ein, macht sie zur allerneusten Nacht des Lebens.

(An eine alte Mauer gelehnt – nicht die eigene Hausmauer, auch nicht die vertraute irgendeiner Tiberstraße –, sondern an eine beliebige Mauer jenes Platzes, wohin sich das Leben begeben hat, um die Leere des letzten Augenblicks am letzten Abend nochmals mit traditioneller Festlichkeit zu füllen, stellen sie dreist ihre leichtfertige Verderbtheit zur Schau, und das nicht nur denen, die mit ihren Blikken zufällig ihre glänzenden Augen oder ihre Schmalzlocken streifen, sondern auch denen, die sie ihrer sektiererischen, modetreuen Kleider entblößen, die Haut in ihrer kindlichsten Farbe und ihre hervorstehenden Knochen streicheln – sie fixieren den betreffenden Passanten oder die bewußte Passantin und stimmen unterwürfig und ostentativ wie ein Strichmädchen, respektlos bis zur Perfidie, mit beleidigender Absicht, den Schlager an, den bislang nur die größten Musikfanatiker kennen; die Gleichgültigkeit oder Angst der anderen mit der erdrückenden Gegenüberstellung ihrer äußersten Gelassenheit und dem in der Atmosphäre des Augenblicks aufblitzenden Hintergedanken der sonntäglichen Messerstechereien zu bedrohen. Rom ist immer die neueste Stadt der Welt. Ein paar Schritte zurück, und die *Raspa* mit den aufreibenden, höhnischen Gebärden... Der unreifste Junge, der sie singt, kann einem noch etwas beibringen, einen Eindruck machen; im Jahr davor war es eben diese schmachtende Modulation des *Chissà, chissà, chissà*, so wild und zärtlich, so hitzig-weiblich, daß es aus dem Mund der Jungen fast skandalös klang, hätte die Ironie nicht ihren Schleier über das gänzliche Dahinschmelzen gelegt... hochaktuell ist dieses Lied nur wenige Wochen lang, es zieht das ganze Viertel in seinen Bann, um dann teigig in den Gassen, in der Abendluft, zu altern, um sich im Geruch der Zeit zu verlieren, darauf wartend, daß Rom nach ein paar Monaten noch einmal von einer Stimme in das Spektrum eines bereits fernen Klimas getaucht wird).

Die Schlager verklingen, bis sich die anstößigsten, aufreibendsten und verderbtesten Merkmale eines jeden von ihnen wiederfinden lassen. *Io t'ho incontrata a Napoli*, in Salerno mit der Fröhlichkeit der Schwarzhändler, der Neger gesungen – Geruch von Camel: und die wundervolle Reaktion des Drecks von Rom, das sich endlich mit fettigem Papier, Kohlstrünken und Urin bedeckt. Aber noch früher, als die Piazza Mastai noch die des kleinen Jungen Rafele war. Als der Schlager *E Pippo e Pippo* so aktuell war, daß er von Gasse zu Gasse sprang, die noch in den frühsommerlichen Farben getüncht waren, als das Aufziehen des Krieges noch als etwas Strahlendes empfunden wurde. Rafele, etwa zehn Jahre alt, von trasteverinischer Raffinesse, die heute recht plump erscheinen würde, gibt mit unübertrefflicher Nachahmungsgabe (gewiß nicht aufgrund besonderer Schwingungen seiner Nerven), präzise wie eine Stimmgabel, die Töne des zermürbenden und verführerischen neuen Schlagers wieder. Auch die *Festa de noantri* würde, wenn man sie der Zeit enthoben noch einmal betrachtet, männlicher, grober erscheinen – für Väter und größere Brüder – wie jede Rückerinnerung an den Dialekt – man entsinnt sich nicht mehr der Beklemmung, nur noch des Zusammenhalts, des Stimmengewirrs überaus redlicher Menschen. Augusttage. Das Licht von Rom ist zerbrechlicher, wenn es heiß ist. Rafele und Remo, die sich mit den anderen Jungen an den Ponte Rotto zurückziehen. Katechismus-Stunden. Abhauen zu Ciriola. Stunden der Anbetung (die ersten und letzten in ihrem Leben), und sich gemeinsam einen runterholen. Schließlich kommt der Tag der Kommunion.

Früher Morgen auf der Piazza Santa Maria in Trastevere – trotz der schwülen Hitze erstaunlich frisch.

Dunstiger Glanz, Glockengeläut, dem niemand zuhört. Halbwüchsige, die am Feiertag ihrer eigenen Wege gehen. Die Jungen kommen in Begleitung ihrer Eltern und Nachbarn (vornehmlich Nachbarinnen, späte Mädchen mit enormen in lila Rohseide gezwängten Hüften, noch etwas Puderzucker des Frühstücksgebäcks an den rot geschminkten Lippen) aus den schmierigen, gerade gefegten Gassen.

Rafele kommt mit der Verwandtenschar die Via della Fonte d'Olio entlang. Er ist ganz in Weiß gekleidet, mit langen Hosen, ätherisch, zitternd.

Seine kleine Figur, die eines Arabers oder fischflinken Gauners (nackt, selbst wenn er einen zehnmal so dicken Anzug tragen würde), aalt sich unter dem zarten Engelsstoff in unverschämter, kindlicher Scheinheiligkeit.

Remo: trägt keine langen weißen Hosen, sondern kurze cremefarbene. Und ein kleines dunkelblaues Jackett, tailliert wie in einer Reklame, strahlend von unbewußt anrüchiger Eleganz.

Die Blicke Remos zu Rafele.

Remo erblaßt, senkt den Kopf.

Sie treten in die Kirche. Remo sagt nichts. Die Kinder trennen sich von den Eltern. Remo und Rafele stehen nebeneinander; Remo ist immer noch stumm und verwirrt. Rafele fragt ihn, was er habe. Remo schweigt. Doch schließlich gibt er nach und sagt ihm (im Ton der Freundschaftsehre), daß Rafele ihr Bündnis gebrochen habe, weil er einen schöneren Anzug als er trägt. Rafele fühlt sich als Verräter. Rafeles schöne Augen, die wie Sterne glänzen, füllen sich mit Tränen. Er ist zorniger denn je. Er sagt, er will die Kommunion nicht. Er schlägt ihm vor, die Anzüge zu tauschen. Remo will nicht. Also beschließen sie wegzulaufen. Sie mischen sich unter die Menge, schlüpfen hinaus, stehen mitten auf dem Platz unter der Neun-Uhr-Morgensonne (zart wie ein Stück Metallfolie). Sie streifen durch Trastevere. Kommen in die Kaffeestube der Kirche zurück, essen und trinken. Hauen wieder ab. Lange anhaltendes Zwölf-Uhr-Läuten.

Als Rafele nach Hause kommt, herrscht im Treppenhaus, auf seinem Stockwerk, dicke Luft. Er fürchtet, es sei seinetwegen. Er macht sich auf Schläge gefaßt. Doch keiner beachtet ihn, er geht wieder hinunter, auf die Straße, ins bereits abendliche Getrappel der Schritte, in die Dämmerung, die sich feucht niederschlägt, wie ein plötzlicher Regen, und erfährt von den Leuten, die vor seiner Haustür beieinanderstehen, daß die Nachricht vom Tod seines Vaters gekommen ist; in den Bergen von Albanien.

*

Rafeles Gasse – und die seines Vaters und dessen sieben Generationen – wirkt in einem gewissen streifenden Licht der Abenddämmerung unsicherer Tage fast klösterlich; still sengt sie die kalkige Sonne. Sie tropft im Regen und spiegelt in den schäbig verputzten und abgebröckelten Quadraten oder Trapezen der Fenster den Dreck wider. Kurz windet sie sich zwischen zwei weitere Gassen – wie ein Innenhof, dort wo es zur Via della Paglia und zur Via della Scala geht, dient sie nur denen zum Durchgang, die in den anliegenden Gassen wohnen (Mattonato etc). Elend wie in Neapel, von der Sonne gedörrt; warme Lumpen, fettige Haare, nach Pissoirs oder Krankenhaus stinkende Treppen. Und Fensterbretter, zerfledderte Stühle vor den Haustüren, mit den wuchtigen Schenkeln der Frauen, die in ihren schwarzen Kleidern wie die Kinder lachen. Der scharfe aus den Ställen dringende Geruch liegt in der Luft. Es ist eine jener Gassen, wo in den Morgenstunden, wenn die Frauen zum Markt auf die Piazza San Cosimato gehen, das Stimmengewirr gedämpfter, dafür aber breiter gestreut, surrend und heiter ist. Die Sonne ist noch vollkommen frisch. Die Straßenkehrer haben in der Morgendämmerung das Pflaster spiegelsauber gefegt. Die aus den Fugen gegangenen Stühle stehen noch hier und dort in den Häusern, in den koksfarbenen Kammern, dörr von Elend, voll speckiger Wäsche, in denen einzig die Stimmen lebendig sind. Kleine Jungen gehen vorbei und pfeifen belustigt eine Samba. Auch Leute, die nicht in der Gasse wohnen, zwängen sich hindurch, Vorboten der Piazza San Cosimato, der Porta Portese oder dem Campo dei Fiori. Diebe, Bauern, Bettler. Müde, abwesend und anonym gehen sie, ohne um sich zu schauen, unter der Sonne an den schorfigen Hauswänden entlang. (Ein magerer Jüngling mit einem knochigen Buckel schlurft in seinen guten Schuhen schlaksig über das Pflaster, das Gesicht ganz verloren in einem alten Ausdruck von Hunger und Drohung. Er trägt einen Doppelreiher, dunkel und gleichgültig wie er selbst; es ist der Sonntagsanzug. Hin und wieder bleibt er stehen, senkt den Blick, wischt sich mit einem Taschentuch den Schweiß ab. Aus den dunklen Löchern der Zimmer sprudeln die Stimmen der Frauen, Kinder singen, die Mädchen kehren zerrupft und mit feuerroten Lippen vom Markt zurück, mit den geblümten Kleidern, die sie an den Ständen gekauft haben. Er hört nichts, geht weiter seines Weges, wischt sich immer wieder verzweifelt den Schweiß ab. Kurz hinter einer Haustür, deren Steinschwelle vollkommen heruntergetreten ist, bleibt er stehen, beugt sich vor, preßt sich das Taschentuch an eine Wange. Er blickt ins Leere. Der Buckel unter dem Sonntagsjackett zittert, die Schultern ziehen sich zusammen. Aus seinem Mund dringt ein weißer Brei, zwei, drei Mundvoll Unverdautes.)

Die Steine, die Quader, die Dächer, das Straßenpflaster, der Tuff, die Gesimse und der Verputz sind zu einer einzigen Kruste verschmolzen, zur Kruste einer beständigen Architektur, die an diesem Ort, mit diesen Bögen, diesen Pfosten, diesen Mauern, diesen Perspektiven vor Jahrhunderten an die Stelle einer ländlichen und aus der Erinnerung vollkommen entschwundenen Natur getreten ist – verschmolzen zu einem reinen Bild der Stadt (der absoluten Stadt: Trastevere) vom Blick der *Fornarina* zu Raffael, aus einem jener halbgeöffneten Fenster, einem dunklen Schlitz im gelblichen Verputz – von den Gruppen, die sich zwischen Treppen und Brunnen des Pinelli bewegen – bis hin zu heute, zu den letzten Generationen, im letzten Nachkriegsleuchten, verkrochen, um den Leib dieser Gassen mit dem Geschrei beständigster Stille zu füllen – verschmolzen wie zu einem harten Knochengerüst, das innerhalb der Grenzen unserer Geschichte (so unbestimmt und umfassend in ihrem Entstehen, aber dann, kaum daß sie vergangen ist, so elementar) für immer die bereits zerfallenden, zu Staub gewordenen Häuser, Straßen und Kirchen festhält. Wenn sich an den Winterabenden milde Witterung verbreitet und dünn auf die Oberfläche preßt, die nach nassen, warmen Lumpen riecht, nach altem Eisen, auf welches die vom kalten Nordwind geschnittene Sonne sticht, ohne es zu erwärmen – oder wenn ein Mond, so dünn wie ein Blechteller von einem ländlichen Himmel fadenartige Schatten auf die Hauswände wirft, die sich dort an den Rändern wie Blätter kräuseln – dann leuchten orangefarbene Feuer auf den verschobenen Pflastersteinen der Gassen auf, die mit einer Schicht harten, fast geistigen Staubs bedeckt sind, angesammelter Schmutz, der eher die Sinne als den Körper infiziert. Das Leben der Trasteveriner wird plötzlich von diesen Feuern beleuchtet, als ob der orangefarbene, funkenlose Widerschein – ein Feuer aus Stoff, ein Lötfeuer – nicht die Luft, sondern die Zeit durchdringt. (In welcher die Verwandlung des täglichen Lebens in Gesetzmäßigkeiten, in wundervolle Statistik erfolgt und die gestaltlose, festliche, sanguinische Psychologie sichtbare Formen annimmt: zu ihrem Äquivalent, der Poesie der Bilder, gerinnt. Ein Augenblick, der aus den alltäglichen Bildern eines belebten Tages des Jahres '50 deren vollkommene Darlegung herausschält, plötzlich, wie eine von selbst entstandene musikalische Phrase: die Haltung eines Jungen, wie er mit gekreuzten Beinen am Türpfosten eines Barbiers lehnt, eine lange Sonntagshose aus leichtem Stoff trägt etc.; die Glut seines römischen Stolzes, in der sich das Geheimnis des Geschlechts seiner frischen Lebendigkeit bewußt ist, zur Schau getragen mit dieser zarten, dunkelhaarigen, unverschämten und jugendlichen Ironie; und noch weiter, ein noch allgemeineres Gesetz, eine noch umfassendere und somit noch melodiösere Darstellung, die des Exihibitionismus eines ganzen Volkes: vom zweimal um den Hals geschlungenen Schal bis hin zur Messerstecherei.) Jene hier und dort in den Gassen, auf den kleinen Plätzen oder neben den Haustüren angezündeten Feuer in der abgestandenen Luft, über die eine bläuliche Hand der Nacht, eine Hand des nächtlichen Roms, mit ihrem fast heilkräftigen pyramidenförmigen Schimmer gefahren ist (der sich sogleich zwischen Pflaster und Pfosten oder unter den barocken Rundbogen einer Haustür schmiegt), in der Via della Paglia, im Vicolo del Cinque, in der Via della Scala, überall wird plötzlich irgend etwas verbrannt, das immer schon heimlich brannte: Es ist nur ein äußerliches Aufflackern (deshalb bewahren diese Feuer auch ihre unbewegte, geistige, moralische Form – die blauen Striemen der Kriminalität, das farblose Licht einer so entzauberten Erfahrung im Auflodern der verschiedenen Viertel und darin bar jeder Phantasie und Religion). Die Kinder waren es, die in alten Nachttöpfen, in Näpfen und in ausgedienten Pfannen diese Feuer angezündet haben, die ranzig und fettig die Februar- und ersten Märznächte prägen; und sie stehen dann dabei in ihren Schottenmänteln (an den Ständen der Juden gekauft), ihren schon aufreizenden Schals, in den schlecht sitzenden kurzen Hosen (denn die römischen Jungen kennen die Unschuld der Kindheit, die Reinheit der nackten Beine nicht): Und schreien um ihre Feuer herum, reißen Stücke heraus, werfen sie durch die Gegend mit der offenkundigen Freude am Verrohen, am Sich-zur-Schau-Stellen, am Flegel-Spielen, nicht etwa unschuldig, sondern ganz bewußt.

Mit neun Jahren (vor der Erstkommunion) ist Rafele biegsam wie Gummi und hart wie Stein. Ein Lockenbüschel hängt ihm in die Stirn, über den Augen, an denen nichts Besonderes ist, und vielleicht gerade weil da nichts anderes ist als dieses Lockenbüschel, ist er außerordentlich schön. Er trägt lange Hosen, die, zeichneten sich darin nicht die Formen seiner Beinchen und Hüften ab, eher wie Schäfer- oder deutsche Soldatenhosen wirken würden, und einen rot-blauen, am Hals eingerissenen Pullover. Er steht gleichgültig am Feuer, das er mit seinen Kameraden in einer alten, kaputten, aber immer noch edlen Kupferpfanne angezündet hat, ist aller Schurkereien erhaben, fast schon skeptisch und belustigt, das Gesicht von der Kälte noch dunkler. Die Hände in den Taschen spannen die Hose am Unterleib – dort wo bereits die männliche, wühlende Potenz eines Zwanzigjährigen lastet –, die Knopflöcher klaffen und enthüllen fast das Tiergeheimnis seines Unterleibs, in bestechend zarten Linien gezeichnet, wie bei einer Statue des Gemito.

So hat ihn der Notar erblickt. Auf der Piazza de' Renzi, – düster, groß, staubig und tönend wie ein Innenhof. Er war stehengeblieben, um sich die Feuer anzusehen, das Lärmen der Kinder ringsum, und Rafele, der abseits stand. Vielleicht gerade Rafele, weil er reglos dastand; und weil um ihn herum sein Leben eines trasteveriner Jungen zum Stillstand gekommen war (seine fast olivfarbene Haut, die feine blutarme Blässe, die ebenso wie die rote Gesichtsfarbe des Bauern ein Zeichen vollkommener, selbstverständlicher Gesundheit ist; die aufgegebene Zugehörigkeit zu seiner Umgebung; und außerdem seine abgehobene Ironie, etc.).

Auf der Blässe seines korrupten Gesichtchens, auf dem sich die nur scheinbar unbezwingbare Unschuld über die geheimen Gedanken legt (er hat den Blick des Notars schon kapiert), betört sein wunderschönes Lockenbüschel, denn es ist nichts weiter als menschlich.

Das leichte Überschatten durch komplizenhaftes Einvernehmen (gemischt mit Furcht, einem Widerstreben, das die Farben des Mißtrauens annimmt): wie ein neues Frieren der braunen Haut, ein kindlicher Glanz in den dunklen Augen. Der Notar geht los und dreht sich dabei um. Den Vicolo de' Renzi entlang, Vicolo del Cinque, feucht, abendlich orgastisch, der Fontanone, Ponte Sisto und das Hochwasser des Tiber. Sie gehen die verlassene Tiberstraße entlang, die zum Gefängnis Regina Coeli führt, mit den Pissoirs zwischen den harten, metallenen Baumstämmen der Winterkastanien; Rafele beantwortet nur knapp die freundlichen Fragen des Notars, die Kindheit macht ihn taub für alles, was nicht unmittelbar von Nutzen ist, für die Vereinbarung (einen runterholen wie bei den älteren Brüdern und dann das Geld). Dieselbe Unruhe, die bei seiner Art zu gehen auffällt, verschreckt, etwas verschämt wegen seines trockenen Schoßes, wie bei einer kleinen Statue, der Schwindel, weil vielleicht alles hierauf hinausläuft, auf dieses absolut Neue: seine aus den Löchern genestelten Hosenknöpfe, die Darbietung seines kleinen Geschenks, schon hart wie ein Kieselstein, wie ein kleiner Kastanienzweig; es ist dies, was am Fuß einer von Regen und Urin nassen, von schlammigen Rinnsalen überflossenen Treppe geschieht, auf einem Fleckchen verklebten Grases, wo es von der Brücke tröpfelt, fast schon an der Wasseroberfläche des Tiber – gewaltsam in der animalischen Stille seiner vollen Flut, angeschwollen zwischen Stangen, Netzen, dem Rumpf eines Lastkahns oder den schwarzen Trapezen eines Kiesbaggers. Beim hastigen Treiben wird das kleine Gesicht von Rafele zu einer Maske unschuldiger, heftiger und gieriger Lust: und der enorme Appetit des Notars, der sich auf diese Mahlzeit stürzt, als müsse er auch die Lichthöfe, die Schatten, die in der Zeit verlorenen Projektionen verschlingen (die unmittelbare Vergangenheit, die unmittelbare Zukunft des Jungen, wieder eingetaucht in die ersehnte und reine Ferne, in Trastevere, in die Männlichkeit). Der Gegensatz – unvermittelt, der in beider dunkelster Tiefe wurzelt: Rafeles Hast und des anderen Wunsch, endlos weiterzumachen. Das Kind ist still, während sie dann wie zwei Diebe auf der Treppe wieder nach oben gehen, es ist sogar nahe daran zu weinen. Er hat Angst, daß der Notar weggeht, ohne ihm etwas zu geben. Er hat nicht den Mut, das Geld von ihm zu verlangen, und daher zittert ihm beinahe das Kinn, über Augenbrauen und Mund zieht ein zornig-finsterer Schatten. Aber der Notar holt drei Hundert-Lire-Scheine heraus; will sich dann herzlich von ihm verabschieden, aber Rafele steckt die Scheine ein und läuft in Richtung Ponte Sisto, ohne ihm auch nur ins Gesicht zu sehen, so groß ist die Distanz zwischem dem Altsein des Notars und seinem Kindsein.

Die *Esterna Rossa* entfernt sich schnell von der Piazza Mastai, biegt vor dem Palazzo dell'Opera di Don Orione ab, fährt links an der Porta Portese vorbei und über den Ponte Testaccio.

Es beginnt das Nicht-Trastevere-Rom. Gebiete, die Rafeles Leben fern sind. (Der Ostia-Bahnhof mit den zwei wichtigsten Liebesepisoden Rafeles: die Jüdin – Emiliuccia – aus der Via del Portico d'Ottavia und die Rothaarige – Franca –, die am Ponte Bianco wohnt.)

Das Verdichten der »Romanità« hinter den Vierteln von San Saba etc. Die Gärten von San Giovanni (hoch, luftig, barock), von einem ähnlich römischen Leben wie Trastevere gesättigt, doch weniger infiziert und abstoßend. Die mächtigen und lieblichen Torbögen aus rauhem Stein, die Renaissance-Mauern, die abschüssigen und ansteigenden Straßen mit den Kurven, die durch Profilansichten einer rötlichen, dunkelorangenen Architektur führen, und dann wieder Himmelstücke (die oft tiefer als die Erdgeschosse und die verschnörkelten, warmen Sockel der Monumente und Obelisken hängen). Von den schwermütig-majestätischen Ausbuchtungen San Giovannis bis hin zum lichten Schatten, der stets die Porta Maggiore umhüllt, ihre grauen Mauern mit den Zinnen, die nach oben zusammenlaufen in der nach Jahrhunderten und Peripherie duftenden Luft. Denn dort beginnen die Via Casilina und die Via Prenestina, die zu den Borgate führen.

Die Borgata Gordiani: Hunderte von schmierig-rosa Häuschen, wie von einem Kind in eine Reihe gestellte Kartons, längs der aufgewühlten, angstbehafteten Via dei Gordiani, die gegen Abend, im Licht der Laternen, einer soeben bombardierten Seepromenade gleicht.

In einem Haus von Ausquartierten, ganz verloren mitten auf dem matschigen Feldlager dieser Borgata, wohnte Adelaide... (hart, mit schwarzschimmernder Haut, gesalbt von Egoismus und hysterischer Hexenkunst: schwarze, wilde Augen, Nase und Mund einer Zigeunerin oder einer Hure aus dem Süden). Liebe zwischen Remo und Adelaide. Remo war zu dieser Zeit wegen der Streitigkeiten mit den älteren Brüdern (denn er war arbeitslos) von zu Hause fort. Er wohnt im »Häuschen« Adelaides, wo ein Haufen kleiner Brüder zusammen in einem Zimmer auf dem Boden schlafen etc. Um leben zu können, stiehlt er. In der Borgata gibt es eine kleine Bande. Sie stehlen in kleinen Fabriken in der Peripherie Kupfer, Treibriemen etc.; sie dringen in die Lager ein, indem sie Wellblechplatten aufbrechen und Ziegel entfernen, etc. »Mit dir wird es noch ein schlimmes Ende nehmen, glaub mir«, sagte Rafele zu ihm. Eines Tages wird die Bande geschnappt (das heißt, einer wird geschnappt, der nach zweitägiger Folter mit Tritten und Sandsäckchen aussagt). Remo und alle anderen von der Borgata Gordiani werden in Regina Coeli eingebuchtet. Dann die Sache in der Via Rasella. Die Deutschen holen sich die Geiseln aus den Gefängnissen. Fast alle aus der Borgata Gordiani, einschließlich Remo, werden an den Fosse Ardeatine erschossen.

In San Lorenzo hat die Kriminalität einen Hauch von Trastevere: nur armseliger. Rundherum herrscht mehr bürgerliches Leben. Also mehr Miesigkeit. Alles spielt sich heimlich ab, wie in einer Provinzstadt.

Nach San Lorenzo kam Rafele in der Zeit öfter, als seine Mutter krank war und in der Poliklinik lag.

Die Stadt verliert sich; die fahnengrünen Beete träufeln einen giftigen Sonntagsspaziergang-Widerschein an die Mauern (nutzlose Anlagen, die nur aus Konvention gepflegt werden). Die Perspektive des willkürlich abgewinkelten Klinikflügels – auf der Höhe des Simses – hinter diesem Seidenpapier-Friedhofsgrün steht außerhalb jeglicher Orientierungsmöglichkeit: San Lorenzo, rundherum, ist ein einziges topographisches Rätsel. Wie ein Resonanzkörper hallt der riesige Bau des Krankenhauses von den alltäglichen Geräuschen wider, zu denen heute das Aufnehmen der Sterbenden geworden ist. Die Krankenwärter in ihrer Uniform levantinischer Barbiere bestücken das Krankenhaus großzügig damit: Sie knallen die Türen der Krankenwagen, hantieren in den Korridoren, die am Friedhof Verano enden mit Bahren und Kanistern. Nachts bleibt das Fenster des Krankensaales geöffnet, und auf der Höhe des Simses am äußeren Ende des Gebäudeflügels, dort, wo auch ein Radio tönt, flackert ein Licht. Die sechs oder sieben Betten im Saal sind weiß wie Kindertotenbahren. Die Frauen sind entrüstet ob dieser »Organisation«. Das Ereignis des Todes kommt nur in der Entrüstung Assuntas und der anderen Kranken über die Küche und die Sauberkeit des Hospitals zum Ausdruck. Die Krankheit, die sie heimlich brüten, wie ein Wesen, das ein Eigenleben führt, wie eine Individualität, die einen grausamen, doch logischen Plan ausführt, dessen einzelne Entwicklungsstufen sie in der Person des Professors oder irgendeines kleinen Doktors ängstlich verfolgen –, tritt im Grunde genommen in den Hintergrund. An erster Stelle bleibt die Empörung über das Hospital mit dem Familienleben (vorübergehend verlassen), das man in glücklichen Teilansichten vor der Phantasie der Saalgefährtinnen aufleuchten lassen kann. (Aller Komfort, die Bequemlichkeiten, die Gewohnheit – grausamst erfunden – einer eigenen Wohnung, der Wohlstand einer Familie, die ihren Sonntagsausflug macht und in einer Pizzeria essen geht; die Freude an den jungen, doch schon erwachsenen, sozial gutgestellten Kindern, etc.)

Die Geschichte muß also auf den Rhythmus dieser alltäglichen Begebenheiten abgestimmt werden (vom ersten Quietschen des Wägelchens und Klappern der Milchkannen in den Korridoren, morgens um sechs, bis hin zu den Stimmen der Verwandten – getragen vom Sinn des »Draußen«, voll sorgloser, geruchvoller Gesundheit – die zur Besuchstunde kommen etc.), obgleich die Wahl dieses Rhythmus ziemlich naheliegend ist: Er muß also versteckt sein, ebenso zwingend wie verstreut, natürlich, beiläufig. Der Erzählzeit den Rhythmus des erschreckenden Wartens auf das »Zimmer« zu geben, wäre im übrigen sicher noch einleuchtender. Es beschreiben? Es nur knapp skizzieren, erwähnen? Es indirekt als eine dem Leser unbekannte Sache in den Gesprächen von Assunta und den anderen Frauen auf der Station durchsickern lassen? Jedenfalls niemals seine konkrete Existenz vergessen, seinen festen Platz innerhalb des Gebäudes. Wenn auch nur mit drei Worten, aber es muß genannt werden (mitsamt den Wänden, dem Fenster, dem Bett).

Assunta spuckt drei Schüsseln voll Blut.

Bei der Nachricht unfaßbarer Tragweite wie der, in »das Zimmer« verlegt zu werden, weinen die Frauen. Und auch die danebenstehenden Männer und Kinder weinen. Es herrscht etwas so Beschränktes und Armseliges in diesem Weinen, daß selbst der Schrecken, der schon allein beim Aussprechen des Wortes »Zimmer« entsteht, zu erlöschen scheint. Sie heben Assunta aus dem Bett im Saal auf die Trage und schieben sie den Korridor entlang. Sie weint weiter, mit den Verwandten, mit Rafele. (Einem der Ärzte sagt sie unter Tränen: »Ich weiß, daß ich sterben muß, aber laßt mich doch erst tot sein, bevor ihr mich dorthin bringt.«) In »das Zimmer« werden die Kranken gebracht, die sterben müssen. Sicher wäre es vermeidbar, sie noch lebend, noch bei Bewußtsein, dorthin zu verlegen, aber das wäre unbequem für die Krankenwärter, die Leichenwäscher, etc. Der Augenblick kommt mit lärmenden Schritten und einem hallenderen Echo von Stimmen: die Trage ist bereits im Saal, wurde durch die mit fast heiterem, trockenem Geräusch aufgerissene Tür geschoben; die anderen Frauen wenden den Kopf, um zu schauen.

... ...

(1951)

Studien über das Leben in Testaccio

I

Die Jungen, die in den frühen Nachmittagsstunden über die kleine Mauer klettern und die Böschung hinunterlaufen, kommen von der Piazza Testaccio, durch eine der breiten, friedhofsähnlichen Straßen, die in senkrechtem Winkel auf diesen Platz zulaufen. Nicht zusammen, nicht in Gruppen; obgleich sie gemeinsam losgehen, finden sie in diesen hundert Metern Straße doch tausend Gelegenheiten, sich zu trennen, sich zu verlieren. Einer bleibt hintan, verbirgt undurchschaubare Absichten hinter seinem verschlossenen, unnahbaren Gesicht; er verschwindet in einer Seitenstraße oder kehrt zu den Parkanlagen zurück. Zwei schließen sich auf einmal zusammen und reden miteinander, bleiben in ihrem Gespräch unter sich, auch sie unnahbar, offensiv, bis sie sich entfernen. Es kommt jedoch vor, daß sie auf der Böschung wieder aufeinanderstoßen. Auch dort scheint ihr Miteinander ständig in Auflösung begriffen; sie streunen hierhin und dorthin, jeder mit seiner Schleuder in der Hand (sie haben sich wundervolle Schleudern gebastelt, den Griff mit rotem, gelbem und grünem Isolierband umklebt); wenn sie sich versammeln, dann um irgendein Geschicklichkeitsspiel auszutragen (ein am Gebüsch hängendes Stück Papier treffen), bei dem sie ganz wild werden und aus dem Häuschen geraten. Doch jede Tat, jede Unternehmung vollzieht sich auf ironischem Grund: Nichts darf ernst sein, deshalb schlittern all ihre Lieblingsbeschäftigungen (Eidechsen töten, Fische fangen) auf einem Boden der Ironie; dies macht sie zwielichtig, feindselig; es gehört zur Verbindung des Viertels, wo man sich nicht von den anderen unterscheiden darf. Sie werfen sich immer gegenseitig die Langeweile vor, behaupten, auf die anderen gut verzichten zu können, wetteifern in ihrer unmittelbaren Fähigkeit, die anderen beim Fehltritt der Leichtgläubigkeit, des Vertrauens, des Eifers – kurz: der Naivität – zu ertappen.

Sobald sie unten an der Böschung angelangt sind, zünden sie ein

Feuer an. Auf einem graslosen Stück Boden bückt sich Franco, sammelt etwas Reisig und kleine, vom verseuchtesten und ekelhaftesten aller Stäube verschmutzte Holzstücke; er schickt die anderen (Carlino, Renato) los, in der Umgebung größere Stücke zu sammeln. Er zieht eine Streichholzschachtel heraus – die Schachtel, die die Jungen zusammen mit Krümeln und Bindfäden aus ihren Taschen kramen, ein böses Schächtelchen, das nach Toilette riecht –, und schon ist das Feuerchen entfacht. Ein in irgendeinem Abfallhaufen gefundener Topf steht schon bereit, unglaublich alt, zerbeult und lächerlich; er wird aufs Feuer gestellt, und Franco wirft lässig die Bleikügelchen hinein, die mit den Zündhölzern aus seinen Taschen hervorgekommen waren; alle sind über das Feuerchen gebeugt, aufgeregt und drängelnd, um zu beobachten, wie das Blei schmilzt; Franco rollt inzwischen eine Postkarte, die nicht sauberer als der Topf ist, kegelförmig zusammen und steckt die Spitze in die Erde; als das Blei geschmolzen ist, gießt er es in diese Art Trichter, damit es dessen Form annehme; sie warten, bis es abkühlt; Carlino füllt den Topf mit Wasser und schüttet es über die Postkarte auf die Erde, um das Erkalten zu beschleunigen: Nach kurzer Zeit ist das kegelförmige Bleistückchen fertig und Franco steckt es sich in die Tasche: Jetzt warten sie, bis die Läden öffnen, um sich einen Angelhaken zu besorgen. Das Feuerchen verbrennt weiter das knochentrockene Holz. Romanino hat eine Eidechse gefangen; er will sie ins Feuer werfen, und alle drängen sich begeistert und fröhlich um ihn: Sergio reißt sie ihm aus der Hand, bindet sie an eine Schnur und rennt damit zum Feuer, von den anderen gefolgt. Er läßt die kleinen Flammen nur ganz knapp die Eidechse streifen, damit sie langsam röstet; ihre Haut wird schwarz, bekommt Blasen; in ihrem grausamen Todeskrampf hält sie ihre Vorderbeine wie menschliche Arme vor den Kopf.

II

Über Testaccio wird man immer einen dunstigen und geblendeten Himmel sehen. Noch eiskalte Frühlingsluft; grüne Firnis auf den violett gescheckten Bäumen oder das Indigoblau der kleinen Obstbäume, mit der Anmut einer japanischen Landschaft. Zu Beginn Panoramaaufnahme – von oben, wie bei einigen Klassikern des französischen Kinos, René Clair: – Porta Portese, Besserungsanstalt für Minderjährige – im verblichenen, kräftigen römischen Barock – hohe, einsame Tiberstraßen. Doch dies als perspektivische Verkürzung: Das Objektiv wird sofort zu dem auf der Testaccio-Seite gelegenen Ufer schwenken und dort verweilen. Ponte Testaccio. Ein spärlich mit giftigem Grün bewachsener Damm über dem vom reichlichen Winterregen noch immer angeschwollenen Tiber. Langer, gelblicher Block fünf- oder sechsstöckiger Häuser, Anfang des zwanzigsten Jahrhunderts im Stil nordischer Badekurorte erbaut. Asphalt der Straßen am Fluß.

Ferne, nebelumschleierte Sicht auf die Gegend um die Porta Portese, das Gaswerk.

Bauplatz; Straße, Mäuerchen, Böschung, Fluß. Fünfzig Meter rechts die Brücke. Hierher kommen des öfteren Angler mit Haken und einem kleinen, an einer Stange festgemachten Netz, wie an einen verlassenen Ort, während mit heiserem Toben die Straßenbahn über die Brücke fährt. Eidechsen auf dem sonnenversengten Damm; Exkremente, Unrat; Gras, das noch ziemlich frisch und sauber ist.

Im rechten Winkel zum Fluß sind längs der Böschung bis zur Wasseroberfläche hinunter sehr lange, wenig mehr als einen halben Meter breite Gräben gezogen (sechs bis sieben Meter lang; vielleicht für die Abwässer). Dort haben Soncino und sein Bruder eine Art Umzäunung gebaut, in der sie ihre drei Kätzchen gefangen halten. Jeden Tag bringen sie etwas Fleisch und Milch. Sie kümmern sich um sie. Doch vielleicht reicht das Futter nicht. Die drei Kätzchen sind bis aufs Skelett abgemagert, mit Krusten bedeckt. Die Gefangenschaft hat sie tollwütig gemacht. Das mittelgroße Kätzchen nagt am Ohr und am Hals des kleinsten Kätzchens, und seine Pfoten sind wiederum vom größten zerfetzt worden.

III

Vor dem Hintergrund der Piazza Testaccio und den Grünanlagen mit den trostlos geschorenen Beeten und den desinfizierten, übelriechenden Pissoirs, die die ärmliche Provinzluft noch erhärten, stehen hier und dort, verteilt in der Leere der dichtesten, normalsten Anonymität, die Familien der Jungen. Sergios Vater ist arbeitslos (groß, abgezehrt auch im Geist – »natürliche« Verkommenheit –, glänzende Augen wie die seines Sohns, nicht glänzender allerdings als die eines Tiers, eines Vogels, eher wie die eines Betrunkenen, leicht tränend, die den anderen immer feige zulachen). Nandos Vater arbeitet auf dem Großmarkt; Renatos Vater ist Salernitaner und Brigadiere; Carlinos Vater ist arbeitslos – ohne daß die Familie etwas bemerkt, geht er zum Wohltätigkeitsverein, um zu trinken – wegen einer Drüsenerkrankung oder eines Herzleidens ist er aufgedunsen – sein aufgeschwemmt rötliches Gesicht – glänzende Haut wie bei Infektionen, Furunkeln, mit spärlichem weißem, schmutzigem Bart – Mütze...

Doch verächtlicher und gewalttätiger werden die Figuren der älteren Brüder in Erscheinung treten: Carlinos Bruder – von dem die kleinen Jungen wissen, daß er in den Kinos und an den Tiberufern der nächtlichen Sünder bekannt ist wegen des Ausmaßes jenes Geheimnisses, das in seinen bedrohlich wirkenden Diebeshosen verborgen ist – taucht immer in den Prahlereien Carlinos auf, der eine besondere Zuneigung für ihm empfindet. Obgleich schmählich fern, in einem verkürzenden Winkel aufgenommen, prägen sich einem die älteren Brüder mit Brutalität ein. Musterbeispiele für das Leben in Testaccio, vom Großmarkt zum Ostia-Bahnhof, von den Werkstätten des Tiberufers an der Porta Portese zum Kino des Viertels.

IV

Widerspiegelung dieses Lebens bei den jüngeren Brüdern: Francos und Romanos Schuhe, neueste Mode in den Schaufenstern des Stadtteils, ohne Schnürsenkel oder diese zu Schlaufen gebunden; glatt, spitz. Eine Anspielung, die Romano gelegentlich auf der Böschung macht, wenn er ein altes Paar jener angeberischen, damenhaften Schuhe trägt und ein paar Sambaschritte tanzt: genau nach der neuesten Art, wie sie im Bruscolotti-Saal oder in manchen Tanzsälen der Partei aufs Parkett gelegt werden.

V

In einer Studie über diesen »Sambaschritt à la Romanino« wäre vor allem Romaninos anfängliche Teilnahmslosigkeit anzumerken: der Moment, in dem er nichts ausdrückt, obwohl ihm, unbewußt bereits böse, bestimmte Gedanken durch den Kopf schießen, ohne in seinem zarten Kindergesicht eine Spur zu hinterlassen, dem dunklen, spitzen Gesicht, in dem etwas Berechnendes, Füchsisches, moralisch Makabres liegt, doch nur in der obersten Schicht der Haut, in den oberflächlichsten Linien seiner Züge, in der weiblichen, leicht nasalen Stimme. Er lebt in seinem Innern das »Doppelleben« einer Angelschnur, ein Vermächtnis der Stadtteilkonventionen: das völlige Fehlen von Mitleid. Der Verteidigungsinstinkt hat in ihm, dem Schwachen, eine unauflösliche Rauheit hervorgerufen; nun kann er nicht mehr aus seiner Immoralität, aus seinem unbewußten, entsetzlichen Pessimismus heraus, dabei ist er wirklich schwach; die anderen könnten erbarmungslos über seine weibliche Natur herziehen, über die Möglichkeit, daß er das Leben von Testaccio beschämend verraten könnte. Er hat jedoch herausgefunden, wie er sich ihnen widersetzen kann, indem er sich in aufreizender Unerschütterlichkeit verschließt: In einem undefinierbaren Seelenzustand, dessen Grundlage im Glücklichsein und in noch frischer Boshaftigkeit besteht, hält er sich im Gleichgewicht. Er entfernt sich immer von der Gruppe: als beträte er die eigene Nichtexistenz. Zufällig schweift der Blick ab, und man entdeckt ihn in zwanzig oder auch in vierzig Metern Entfernung auf der Böschung, damit beschäftigt, im lauen Gestank das Gras zu beobachten, den Griff der Schleuder in der rechten und das Gummiband gelockert, doch zum Spannen bereit, in der linken Hand. Sein Gesicht ist ausdruckslos bis auf jenen Zug gewöhnlicher, abwesender Schlauheit. Er legt eine ebenso starre wie uninteressierte Aufmerksamkeit an den Tag.

Er hat einen etwas länglichen Kopf, ein schwarzes Haarbüschel ragt über seine Stirn; die Haut ist weich, schwärzlich; um den Mund und die Nasenflügel liegt etwas Krankes, etwas verworfen Animalisches. Seine Augen hingegen sind wunderschön, auf launische Art lang und spitz geschnitten, mit feinen, elegant schweren Lidern. Das gestaltlose, natürliche Glücksgefühl, das ihn durchströmt – das ihn immer in der Obsession seiner witzigen Gesten schweben läßt –, und sein boshafter Scharfsinn verleihen seinen Worten eine eigenartige Klarheit, eine Spannung, eine Perfektion in der Sprechweise, die auch seine Kameraden beherrschen, jedoch in einer festeren und unauffälligeren Art. Manch einer seiner witzigen Sätze ist kurz und treffend wie ein Gewehrschuß.

Im Chaos ihres Zusammenlebens auf der Böschung hält er sich am Rande – nur hin und wieder stößt er in das Herz der Gruppe vor. Den sechs oder sieben Jungen fehlt es an jeglichem Zusammenhalt, als wäre ein irrer, nutzloser, leichter, vulgärer Windstoß zwischen sie gefahren: Nichts wäre falscher, als sie zueinanderzufügen, ein einziger Augenblick der Unbeweglichkeit würde genügen, sie hoffnungslos zu verfälschen. Sie sind ständig einer plötzlichen Unordnung ausgesetzt: Sie hegen untereinander eine Feindschaft, eine neurotische Feindschaft, wie sie auch zwischen Zellengenossen herrscht. Sie mißtrauen einander ständig, sie wissen nicht, was Sympathie und Zuneigung bedeuten, kennen nicht einmal das Gesetz des Schweigens. Sie demütigen sich immer wieder mit Kehrtwendungen, mit unerwartetem Verrat, mit grausamen Ausschlüssen... Deshalb ist Romaninos »Sambaschritt« labil, flüchtig wie ein Schatten, praktisch nichtig.

Er kommt und geht unaufgefordert, unbeachtet und nutzlos. Romaninos Ausdruck verändert sich nicht im geringsten. Es ist ein Augenblick; bei einem lebhaften Wortwechsel singt Romanino – vielleicht steht er gerade, als Franco das Feuer entfacht, um das Blei zu schmelzen, über die schmutzigen Holzstücke gebeugt – einen Samba und deutet gleichzeitig den Tanzschritt an; mit einem leichten Schnellen überkreuzt er die Beine, schwingt mit einer verächtlichen und kaum angedeuteten Geste einen Fuß nach dem anderen in die Luft hinter sich, während sich sein ganzer Körper nach vorne streckt. In dieser Geste liegt ein innerer Ausdruck der Herausforderung derer, die ihm zuschauen: Der Exhibitionismus ist bedrohlich, provokant, genau so wie bei den Vorbildern, den älteren Brüdern in Testaccio. Die Anmaßung besteht nicht nur darin, sich selbst bei der Darbietung dieser Geste neuester Mode für kaltblütig und unübertrefflich zu halten, sondern in dem Gefühl, einer bis zur Entzündung modernen Welt anzugehören, dem Gefühl, mit wenigen Privilegierten einen per definitionem und de jure von den anderen unerreichbaren Rekord zu teilen.

Andererseits das herausfordernde Auftreten, das erforderlich ist, um bei den anderen den Instinkt des Schweigens wachzurufen, um sie vom Frotzeln abzuhalten, wenn auch der eine oder andere mit ironischer Gewitztheit der Versuchung nicht widerstehen kann. »Hier bin ich, ich tanze« – sagt Romaninos Ausdruck (wenn es bei ihm einen solchen gäbe, es ist eben seine Abwesenheit) –, »was? das macht euch wütend? was für Tölpel ihr doch seid.« Trotzdem währt die Andeutung nicht länger als einen Augenblick, sie soll eine Kostprobe darstellen, eine erste, blasse Vorahnung von dem, was vorzuführen er in einer anderen Umgebung, vor anderen Leuten, in einer anderen Atmosphäre (im ideellen, unnachahmlichen Zentrum von Testaccio) in der Lage wäre. Im übrigen ist es vorerst nichts als die Nachahmung des von den größeren Brüdern vorgegebenen Modells, blutend von zerstörerischer Unterordnung.

VI

Es wird Romanino sein, der bei einem seiner Alleingänge das Loch entdeckt, in dem die Katze gefangen ist.

Carlino hingegen wird der erste sein, der die Idee hat, sie mit Schleuderschüssen zu töten. Das Loch ist klein: Sie stehen herum und schießen hastig, denn jeder möchte derjenige sein, der der Katze den Todesschuß versetzt; ob man den anderen zuvorkommt oder nicht, dafür ist jeder Augenblick entscheidend. Deshalb sind sie wie verrückt vor Hast, sie treffen daneben, finden keine Steine in der Nähe. Die Katze in dem Loch ist grauenerregend.

VII

Das Vier-Uhr-Nachmittagslicht ist ungesund, unrein... Der stets milchige Himmel blendet. Über dem trüben Tiber die Brücke – ziegelrot und weiß – vereinzelt in der Weite des Lichts. Links, noch immer fahl gegen den Himmel geschnitten, die Figuren von Porta Portese, rechts, im Schatten, in einem sauren, fauligen Grün, die des Aventins. Natürlich dominiert der Teil des Tiber, der zum Meer hin liegt, mit dem nebeligen Gaswerk, den erbärmlichen Böschungen voller Unrat (die Kanäle, die Baracken des Bataillons M.).

Kadaver der Katze: Das Fell ist blutverklebt, der Körper voller Rißwunden und Krusten. Das Maul ist geöffnet, bleckt ein großes Stück blaßrotes Zahnfleisch und die kleinen, weißen Zähne; die zarten, fast kindhaften Lippen sind geöffnet; verzerrt kleben sie an Kiefer und Gebiß. Der kleine, verbeulte Kopf voller fast schwarzen Bluts ist ganz Maul. Der Schwanz ist mit trockenem Schlamm verschmiert.

Die Jungen vergessen all dies sofort: wie etwas Notwendiges, Pflichtgemäßes, das so sehr zu ihnen gehört, daß es nicht aufgegriffen werden kann, das so sehr in ihre Zerstreuung einverleibt ist, daß es sich von ihr nicht unterscheidet: Kurz, es ist keine Tatsache, sondern eine Schöpfung ihres gemeinsamen Bewußtseins, in welchem sie sich bewegen, als Körper in der Welt (im Testaccio) und als innere Schatten (in sich selbst)... Es ist ihnen gleich, ein Fall im Fall. Sie sehen es nicht in seinem objektiven Ausmaß. Sie können davon nicht beeindruckt sein: Klischees, auf denen jene Tat nicht den geringsten Einfluß auf ihre späteren Handlungen aufweist. Es gibt keine Unterbrechung. Alles geht weiter, den Stunden gleich. An die Katze werden sie sich kurz danach zufällig erinnern, wenn sie beim Eidechsenjagen an ihrem noch frischen Leichnam vorbeikommen. Doch es wird eine völlig neue Phase sein. Einer von ihnen wird sie am Schwanz packen und in den Tiber werfen. Und auch diese Handlung wird passiv, zufällig und vulgär hinter ihnen bleiben; sie gehören zur Zeit wie das Wasser des Tiber zur Strömung. Die Erinnerung wird unmittelbar logisch werden: eine undeutliche Kenntnis, in präzise Worte gekleidet.

Wenn Soncino und sein kleiner Bruder hinunterkommen und das Martyrium ihrer Katze bemerken werden, ist die Konkretheit der Sache bereits aus dem Bewußtsein der anderen gewichen: Sie werden über diese Tatsache nur gegenüber anderen Jungen reden, um ihre Verwegenheit herauszukehren... Da es für sie keinerlei Grund gibt, Vergleiche, Gewissensprüfungen etc. anzustellen, wird es natürlich darauf hinauslaufen, daß sie am Ende des Streits die kleinen Jungen, die sich beschweren, verprügeln.

Soncino und sein Bruder sind durch das Leben im Testaccio bereits ziemlich verhärtet, obwohl sie am Rand der riesigen Familiengräber der Angestellten wohnen (als sie die Zerstörung des Verstecks ihrer Katze entdeckt hatten, sagten sie nichts; sie hielten sich abseits der Gruppe der Totschläger, schauten diese finster an, mit einem Kloß im Hals. Mit einem ausreichenden Maß an Feigheit jedoch, um keine Klage zu erheben, es sei denn durch grollendes Schweigen); und der Streit bricht allmählich aus, später, durch die Provokationen der Täter. Es ist bereits die Stunde der Abenddämmerung, der Tiberdamm schwitzt eine ungesunde Frische aus, ein dunkelblauer Schleier verätzt die himmelblaue Perspektive am Gaswerk, das Chaos der Barackenlager längs der Böschungen...

VIII

Der Abend sinkt wie ein Gewitter über Testaccio herab; in den rechtwinklig verlaufenden Straßen bei den Parkanlagen hört man das plötzliche Rasseln, wenn die Rollgatter der Geschäfte heruntergelassen werden; vorüberhuschende Schatten von Jungen mit Milchflaschen, Burschen, die mit ihren dreirädrigen Lieferwagen durch das Gewühl der Menschen preschen, die so eilig heimkehren, als prasselte ein plötzlicher Regenschauer nieder; die Luft ist noch schmutziger, eher trüb als dunkel, die scharfen Scheinwerfer eines Autos streifen in einer Kurve den noch taghellen Asphalt: Ein mit Gerüchen und Feuchtigkeit beladener Wind scheint die Fenster und Glastüren zuzuschlagen, die toten kleinen Bäume der Anlagen zu beuteln, das ganze Viertel in Alarmbereitschaft zu versetzen; es ist hingegen die sehr ruhige Stunde des Abendessens, die herabsinkt.

(1951)

Mignotta
Aufzeichnung für einen Produzenten

Mit dem Rücken an ein Mäuerchen gelehnt, aß Mario ein bißchen und sang ein bißchen.

Vor ihm, auf dem Gehweg aus festgestampfter Erde, saßen die drei Neapolitaner, und um sie herum, in den Erdlöchern oder auf dem weißen Gras, die anderen Arbeiter, über das zerknitterte Papier ihres Mittagessens gebeugt, unter der Ein-Uhr-Sonne, die noch nicht müde machte, sondern eine Heiterkeit aufkommen ließ wie bei Kindern, die rennend und scherzend vor den Schulen warten.

Mario und die drei Neapolitaner diskutierten mit dieser Heiterkeit darüber, wer von ihnen der Schönste sei.

»Jetzt, weil ihr mich in diesem Aufzug seht«, sagte Mario, »aber am Sonntag, wenn ich frisch herausgeputzt bin, da leg' ich ganz Centocelle aufs Kreuz, daß ihr's nur wißt!«

»Ha!« entgegnete ihm der jüngste der Neapolitaner, während alle drei wie Hunde ihre langen Mortadellabrötchen weiterkauten.

»Wir etwa nicht?«, meinte dann gemütlich der Größte.

Mario schnalzte mit der Zunge, so als hätte er im Mund einen störenden, säuerlichen Geschmack verspürt. »Ihr gefallt doch nicht einmal den Blinden«, sagte er nun bitter lachend.

»Ja, ja«, erwiderte der Jüngste, »du Glücklicher!«

»Schau uns nicht so an!«, sagte Gennarino, der Mittlere, und blickte auf sein zerrissenes Unterhemd, das über Haut und Knochen hing, auf seine alten, kalkverschmierten Hosen, auf die der Schatten seiner Mütze aus Zeitungspapier fiel, »schau uns lieber mal auf einem Foto an!«

Mario brach in ein so schallendes Gelächter aus, daß es den Bissen, auf dem er gerade gekaut hatte, drei Meter hinausschleuderte: Nun lachte er mit geschlossenem Mund, so daß es sein ganzes Gesicht aufblies, als hätte ihn ein elektrischer Schlag getroffen.

»Schau mal hier«, sagte nun Alfio, der kleinste und frechste. Er zog aus der Hintertasche seiner Hose eine alte, tuberkulöse Brieftasche hervor.

»Na?« gab Mario von sich, der sofort zu lachen aufgehört hatte und nun unschuldig tat. Er ging in die Hocke und drängte seinen Kopf zwischen die Hälse der drei Neapolitaner, die in einer Reihe auf dem Bordstein saßen.

Ob allein oder in der Gruppe, ob mit Krawatte oder im Unterhemd, ob im Nadelstreifenanzug oder in schäbigen Arbeitskleidern, ob beim Fest nachts in San Giovanni oder am Strand von Ostia in der Badehose – die drei Neapolitaner scherzten nie. Doch nicht einmal Mario scherzte: Auch er hatte sofort seine Photographien hervorgeholt, zuerst diejenige, auf der er mit der Tolle und dem Zigarettenmundstück zu sehen war und die drei Monate lang im Schaufenster des Photographen in der Nähe, in der Via dei Faggi, ausgestellt gewesen war. Als sie ihre Photographien verglichen, mußten sie voreinander den Hut ziehen und zugeben, daß es ein harter Kampf war. Zur Entscheidung darüber, wer denn nun tatsächlich der Schönste sei, riefen sie einen gewissen Cecione als Richter herbei, einen rohen, dicken Kerl mit einem Arschgesicht, der in einiger Entfernung gestanden und mit bedrohlichen Gesten über den AC Rom gesprochen hatte. Er kam näher, hörte sich an, worum es ging, das Gesicht um so finsterer, je mehr er sich von seinem Auftrag geschmeichelt fühlte: Er kam seiner Aufgabe mit Ernsthaftigkeit nach. Er nahm die Brieftasche Marios und die der Neapolitaner und betrachtete die Photographien mit fachmännischem Gesichtsausdruck, hielt sie mit etwas Abstand vor sich hin, den Kopf zur Seite geneigt.

Doch ganz plötzlich und unvermittelt sprang er auf und rief: »Sieh mal einer an!«, und als die anderen näherkommen wollten, um zu sehen und eine Erklärung zu bekommen, schob er sie mit Ellbogenstößen und Schlägen weg, während er die Photographie, die den Gefühlsausbruch ausgelöst hatte, dicht vor seine Augen hielt. Dann kauerte er sich nieder – mit seinem Walroßkörper und seinen Koteletten auf den roten Wangen –, lehnte sich an ein Gitter wie ein Zementklotz, und wer hätte es je gewagt, zu ihm hinzugehen und zu schauen, was er so Interessantes in den Händen hielt?

»Und, was ist los, Cecione? He, Cecioneeee...« fragte Mario neugierig wie ein kleiner Junge. Bei dem Gefragten keine Reaktion.

Schließlich, nach einer Weile, sagte Cecione: »Ihr Spinner!«, und weiter: »Die wollen wissen, wer der Schönste von ihnen ist, diese Grünschnäbel.«

Und er schnalzte mit der Zunge, als spüre auch er einen bitteren Geschmack im Mund, der ihn traurig machte. Und er zeigte reihum die Photographie, die ihn so beschäftigt hatte.

Alfio, Gennaro und Santino Postiglione wohnten seit einem guten Jahr in Rom. Sie wohnten in einer jener illegalen Barackensiedlungen, die von Neapolitanern in einer Nacht gebaut werden, wenn sie nach Rom kommen, und die sie dann ihren Verwandten überlassen. Genau auf diese Weise war ihr Onkel vorgegangen, der es inzwischen zu einem gewissen Reichtum gebracht hatte. Zunächst hatte er mit amerikanischen Zigaretten gehandelt und dann in Centocelle eine jener kleinen, finsteren Spielhallen mit Tischfußball eröffnet, den Treffpunkt der verkommensten kleinen Jungen aus der Via delle Robinie, der Via dei Castani, der Via dei Ciliegi, der Via delle Mimose, der Via dei Geranei und der Via degli Oleandri.

Die Photographie von Nannina gehörte dem Kleinsten. Als sie zur Arbeit zurückkehrten, umwarb ihn Mario bis zum Abend: Er warf ihm ein halbes Päckchen Nazionali zu. Der andere rauchte und schwieg mit lässigem Gesichtsausdruck, aber die Photographie steckte fest in seiner Innentasche. Nach der Arbeit tat Mario alles mit ihnen zusammen: Er wusch sich an dem kleinen Brunnen, kämmte sich, verließ die Baustelle, und, kaum draußen, wollte er ihn zu einem Espresso in die Bar 2000 einladen. Sie redeten bereits wie Leute, die im Begriff sind, ein Geschäft abzuschließen und sich mit allergrößter Freundlichkeit gegenseitig übers Ohr zu hauen versuchen.

Mario gelang es, nach dem Abendessen mit Alfio Tischfußball spielen zu gehen, und als er dort mit ihm allein war, drehte er die Dinge so, daß er das Photo noch einmal zu sehen bekam. Diese Nannina war von einer Schönheit, die sogar an Weihnachten Margeriten erblühen lassen könnte. Auch die kleinen Jungen um sie herum, die Hurensöhne, »fiji de 'na mignotta«, wie Alfio sie nannte, hatten spitzgekriegt, daß etwas los war, und drängelten sich lauthals um Mario, dessen Miene sofort pechschwarz wurde. Alfio nahm das Photo wieder an sich. Er hatte sehr wohl verstanden, daß aus dieser Sache etwas rauszuschlagen war: und das mußte portionsweise geschehen. Es war ausgemacht – trotz jenes kleinen, unschuldigen Zugeständnisses an Marios Eigensinnigkeit –, daß seine Schwester nicht angerührt werde.

Wer Mario an diesem Tag oder in den Tagen darauf gesagt hätte, daß er verliebt sei wie ein Dichter der Antike, dem hätte er ins Gesicht gelacht; und auch die drei Neapolitaner hatten schon den Ausdruck von Leuten, die ein Geschäft wittern, bei dem sie nichts zu verlieren und die Zeit auf ihrer Seite haben. Mario ging es nicht schlecht. Er wohnte in einer kleinen Wohnung in Centocelle – allerdings zusammen mit seiner Mutter und seinen Schwestern, die arbeiteten. Die drei Neapolitaner hatten keine Wohnung in Rom. Sie lebten in einer Baracke: und ihr Onkel rückte keine müde Lira heraus. Indem sie in eine Geschäftsbeziehung mit Mario und dessen Familie getreten waren – die nicht verstand, worum es ging –, hatten sie ein Dach über dem Kopf gefunden. Je mehr Zeit verging, desto mehr dachte Mario an jene Photographie, die in der Umgebung schnell berühmt geworden war. Und so wurde, um es kurz zu machen, bald das Geschäft abgeschlossen: Als erstes wurde der Übergang des Photos von den Taschen der drei Brüder in die Taschen Marios vereinbart; es folgte die Erlaubnis, Nannina zu schreiben – die übrigens Analphabetin war und ihm durch einen aus ihrem Dorf antworten ließ; und schließlich wurde per Korrespondenz die Verlobung besiegelt:

Mein Liebster ist in Centocelle in der Ferne,
schickt mir seine Grüße durch die Sterne,
ich schick ihm die Grüße mit Schwalben zurück.

Eines Frühlingsmorgens kam Nannina in Rom an. Die drei Brüder und der Verlobte, schön wie auf den Photographien, erwarteten sie am Bahnhof. Sie stieg aus dem Personenzug aus, erschreckt und finster, gefolgt von ihrer Mutter, die über und über mit Körben beladen war. Auch Nannina trug einige Bündel auf dem Rücken. Sie war noch schöner, als ihr Verlobter erwartet hatte. Sogleich wurde ihr Mario vorgestellt, der sich aufgeplustert hatte, damit sie gleich von ihm beeindruckt sei. Nannina, zerzaust und verschwitzt, schenkte ihm kaum Gehör, ganz von dem großen Familientreffen eingenommen: Die Mutter, die Brüder und sie selbst schrien wie auf dem Markt von Benevent. So begann ihr gemeinsames Leben. Sie verließen den Bahnhof mit Mario, der seinen Besitzanspruch öffentlich kundzutun suchte, indem er sie feierlich unterhakte, doch widerspenstig befreite sie sich immer wieder. Im Licht der Sonne sprachen Marios Freunde laut aus, was er im stillen dachte:

»Schau mal an, was für eine Bäuerin«, sagten sie zueinander, und im selben Atemzug: »Verdammt, ist die scharf!«

Es dauerte denn auch nicht lange, bis es zu einer Auseinandersetzung kam. In der Straßenbahn. Sie war voller Menschen, und ein paar Jungen aus Torpignattara hatten, als sie diese Schönheit mit der vollbeladenen, abgelenkten Mutter sahen, ohne die Leibwächter zu bemerken, begonnen, ihr Komplimente zu machen und ihr schönzutun. Es endete damit, daß sie sich entschuldigten. Doch auch diesmal waren es die Freunde Marios, die die Angelegenheit klärten: »Es ist, als würde sie zwanzig Männer heiraten!«

Reden wir nicht von der Begegnung mit Marios Familie. In der kleinen Wohnung in Centocelle war kaum noch Platz: obwohl die Mitbewohner sich diskreterweise in einem Zimmer eingerichtet hatten.

Marios Mutter war eine nicht mehr ganz junge Matrone: Obstverkäuferin an der Piazza Vittorio seit dreißig Jahren. Eine, die genau wußte, wo es langging. Vom ersten Augenblick an konnte sie diese beiden Bäuerinnen in ihrer Wohnung nicht ertragen. Noch direkter waren ihre beiden jüngsten Töchter. Niemand auf der Welt hätte ihnen das Maul stopfen können; und sie waren gewiß nicht auf den Mund gefallen, wenn es darum ging, jemanden lächerlich zu machen, und noch weniger, wenn es galt, die eigenen heiligen Rechte durchzusetzen. Sie musterten die Schwägerin und deren Mutter, und fast wären sie vor deren Augen in schallendes Gelächter ausgebrochen, doch um sie zu foppen, entschlossen sie sich für eine subtile, feige – und im Grunde sogar gutmütige – Taktik. Die dritte Tochter hingegen gab sich aristokratisch. Sie war nämlich Angestellte der Banca d'Italia und liebte graue Kleidung mit seriösem Schnitt – und durch diese Vorliebe befand sie sich angesichts des schlechten Geschmacks der Bewohner von Centocelle in einem Zustand ständiger Brüskiertheit. Sie telephonierte auf französisch mit ihrem Friseur in der Via Veneto, der sie enthaarte. Das ganze Jahr über lebte sie in Erwartung der vierzehn Tage Urlaub in Cortina – wo es fast immer regnete: Sie war die Schwägerin, die am wenigsten zu einer Schafhirtin paßte.

Die drei Tage vor der Hochzeit waren nun voll und ganz der Organisation gewidmet. Es hatte sich zwischen den Römern – einschließlich der Mitbewohner – und den Leuten vom Land bei der

Suche nach einem Kompromiß zwischen den zwei Welten eine Art stiller Kampf entfacht. Nannina und ihre Mutter waren inzwischen in der Hütte der drei Brüder untergebracht worden: die eine vorübergehend, die andere endgültig. Sie hatten sich sofort wie zu Hause gefühlt. Dort spielte sich alles im Freien ab, unter lautem Geschrei, Gelächter und Streit. Die alte Mutter, Assunta, wegen der Hochzeit aufgeregt und ohne Sinn für die geographische Veränderung, verhielt sich, als sei sie in ihrem Dorf geblieben. Sie griff ihre Söhne und Landsleute an, die sich von ihr entlarvt, in die erste Zeit der Immigration zurückversetzt fühlten, und sie reizte dermaßen den Sinn für Humor der Ureinwohner der Borgata – meist Ausquartierte –, daß diese sie in stillem Einvernehmen mit ein paar kurzen, trockenen Sätzen mundtot machten. Assuntas Schicksal war es, mehr und mehr in völliges Schweigen zu verfallen.

Nannina teilte inzwischen ihre Begeisterung über die Unterbringung, und sie war davon so eingenommen, daß Mario, der sich immer hartnäckiger als ihr Besitzer fühlte und aufführte, von ihr immer weniger beachtet wurde. Andererseits war auch Mario ganz und gar von den Vorbereitungen in Beschlag genommen. Beim Hochzeitsmahl in der Pizzeria in der Via delle Genziane waren ihre und seine Verwandten so zahlreich, daß fast ein ganzes Dorf versammelt zu sein schien: Nach der vorausgehenden Schätzung waren allein sechzig Kinder beim Hochzeitsfest anwesend.

An jenem Abend zog Nannina offiziell in die Wohnung in der Via dei Sambuchi ein.

Die Wohnung bestand aus vier Zimmern, einer Küche, einem Bad mit Toilette, einem Eingangsflur und einem Abstellraum: Zwei Zimmer waren von Marios Familie belegt, die anderen beiden Zimmer und der Abstellraum von den Mitbewohnern – acht an der Zahl –, die Küche wurde gemeinsam benutzt. In einem der beiden Zimmer, auf die Marios Familie Anspruch hatte, schliefen die Frauen, im anderen die Männer, nämlich Mario und der jüngste Sohn, der gerade in das Alter gekommen war, in dem kleine Jungen zu arbeiten beginnen: Er war bei dem Milchhändler in der Via dei Faggi als Laufbursche beschäftigt. Als Folge der Heirat wurde er aus dem Zimmer ausquartiert und im Flur untergebracht. So war ein Zimmer für das Brautpaar freigeworden.

Die Angelegenheit wurde recht peinlich, als der Moment des Zubettgehens kam – peinlich für alle außer für Nannina. Alduccio, der jüngere Bruder, und die anderen Kinder in der Wohnung zogen Gesichter, für die selbst Ohrfeigen eine zu geringe Strafe gewesen wären. Die anderen gaben deutlich zu erkennen, daß sie sich zwar opferten, es aber gern taten, mit voller Unterstützung und mit Sympathie. Nina, die angestellte Schwester, war erhaben. Der Herr Finamore, das Familienoberhaupt der Mitbewohner, scherzte. Kurz und gut, keiner schaffte es, seine Gedanken von der einen Sache abzulenken.

Als Mario und Nannina das Zimmer betraten, waren sie zum erstenmal in ihrem Leben miteinander allein. Mario, der sonst immer so dreist war, tat sich selber leid: »Sie würde mir ins Gesicht spukken«, dachte er, während er versuchte, sich irgendwie seiner Braut anzunähern. Diese war eine meisterliche Mischung aus Plumpheit und Tranigkeit, aus Ungeduld und Resignation, mit ihren Augen, die eine Mischung aus Ironie und Verachtung ausstrahlten und etwas naiv und kindlich dreinblickten. Mario setzte alles daran, sie ein wenig zum Sprechen zu bringen, bevor... Sie sagte »ja« oder »nein«, oder auch »verdammt«. Er versuchte es mit allen Mitteln: Er wollte sogar sich, sich selbst!, in einem romantischen Licht darstellen, indem er von dem Photo sprach: Schließlich begann er, halblaut, doch mit viel Gefühl, ein neapolitanisches Lied zu singen – das sie nicht kannte: – nichts. Nannina fiel vor Müdigkeit um und schlief ein. Leicht betrunken döste auch Mario ein. Sie schliefen halb angezogen.

In der zweiten Nacht ging es nicht besser. Die Mitglieder der Familie Finamore, die Mitbewohner, gaben sich immer so, als seien sie gerade dabei auszuziehen – in eine schönere Wohnung, zu vierzigtausend Lire!, wo es ihnen besser gehen würde –, und dies dank der Genialität des Herrn Roberto Finamore, der als Zeichner in einer Firma arbeitete, dessen Berufung jedoch eine andere war: Schriftsteller zum Beispiel, oder Erfinder. Ja, seit nunmehr zwei Jahren setzte die Familie Finamore alles auf sein Patent eines automatischen Verschlusses für Zahnpastatuben, und das in einem Maße, daß sie bereits jetzt in einer Atmosphäre des Wohlstandes und des feinen Geschmacks lebten, die ihnen dieses Patent nach zähen Verhandlungen mit wichtigen Unternehmen und Persönlichkeiten bringen würde. Tatsache ist allerdings, daß sie immer noch nicht gegangen waren. Und zudem setzten bei Frau Finamore genau in jener Nacht, zwei Monate zu früh, die Wehen ein, und sie brachte den siebten Finamore zur Welt.

Der nächste Tag war ein Sonntag. In ungeduldiger Erwartung des Abends nahm Mario seine Braut mit in die Innenstadt, zu einem Spaziergang: erst die Via Veneto auf und ab, dann ins Ambra Jovinelli, wo sie zweimal denselben Film anschauten. Nannina war bald verschlossen und taub wie ein Igel, bald gesprächig wie ein Kind, und mindestens ebenso lächerlich wie hübsch. Mario genoß – besonders bei dem Gedränge am Eingang des Ambra Jovinelli, wo so viele Menschen waren, daß sogar die Polizei eingreifen mußte – alle möglichen Freuden der Eitelkeit und alle möglichen Bitterkeiten der Blamage. Als sie endlich nach Hause zurückkehrten, fanden sie »ihr« Zimmer belegt vor. Es hatte sich ergeben, daß Nina – die mit ihren Kollegen von der Banca d'Italia im Bus nach Palestrina gefahren war – das Glück gehabt hatte, zu stürzen und sich einen Arm zu brechen. Da sie sich krank und unglücklich fühlte, wollte sie sich keinen der sentimentalen Vorteile dieser Situation entgehen lassen: Sie hatte – mit allgemeiner Unterstützung – ein Zimmer ganz für sich allein gefordert, gut aufgeräumt, wo sie den Arzt und ihre Kolleginnen empfangen konnte. Dieser Zustand würde etwa dreißg Tage dauern.

Nannina schlief nun zusammen mit den anderen Schwestern, und Mario im Flur mit Alduccio, der losprustete und ihm ins Gesicht lachte, woraufhin Mario ihn so sehr verprügelte, daß das ganze Haus davon aufwachte.

Am Tag darauf nahm Mario die Wiesen Richtung Tor de' Schiavi in Augenschein. Am Ende der Via dei Sambuchi, nach einigen parzellierten Grundstücken und zwei oder drei Baustellen, begann das offene Land um die Via Casilina. Links lag die Borgata Tor de' Schiavi, noch weiter links das Quarticciolo; dazwischen weite, grasbewachsene Flächen, von Grashügeln und den Überresten alter Tuffsteinbrüche übersät; hier und dort ebene Stellen, wo die Jungen Fußball spielten und an deren Rändern die Straßenkehrer ihren Unrat abluden. Mario kehrte ziemlich zufrieden von seinem Ausflug zurück. Nach dem Abendessen gelang es ihm mit einer gewissen Mühe, Nannina einzuladen, mit ihm einen Espresso trinken zu gehen. Sie gingen hinunter, und er wollte sie auf »die Wiese« führen: Aber dorthin zu gelangen, war leichter gesagt als getan! Zuerst begegneten sie Nanninas Brüdern vor der Spielhalle mit dem Tischfußball; dann trafen sie seine Freunde vor der Bar 2000. Es war alles andere als einfach, von den einen wie von den anderen loszukommen: Die einen hatten einen Untergrundkampf mit den Finamore angetreten, denn sie wollten ihren Traum verwirklichen und den Platz der Finamore in der Wohnung in der Via dei Sambuchi einnehmen; die anderen, denen wie jeden Abend das Leben zulächelte, redeten ununterbrochen auf sie ein.

Als sie endlich hinter den parzellierten Grundstücken allein waren, mußten sie es plötzlich mit einer Bande kleiner Jungen aufnehmen, die auf Abenteuer aus waren. Mario begann einen Streit mit ihnen. Diese flüchteten zwar, doch wie Indianer erschienen sie sofort wieder auf den Anhöhen. Mario mußte mit ihnen verhandeln und ein Päckchen Nazionali verteilen. Nun gingen sie an den Rand zu einer Wiese, wo tagsüber kleine Jungen Fußball spielten. Doch hier war das Reich einer gewissen Adele – die im übrigen eine Nachbarin von Nanninas Brüdern war – im Hintergrund ihr Zuhälter Aurelio – ebenfalls ein Nachbar – und darum herum, in bedrohlichen Grüppchen, die Freier.

Also erneuter Rückzug und erneutes Suchen mit Nannina, die Verdacht geschöpft hatte, diesmal aber auch unerwartet zärtlich und komplizenhaft war. Trotz ihres keuschen Schweigens herrschte vollkommenes Einvernehmen. Schließlich fanden sie doch noch ein Plätzchen zwischen Schlamm und Gestrüpp. Der Mond ging gerade auf.

Kurz war die Ruhe. Von der nahen Straße kamen zwei verdreckte, betrunkene Alte, die abwechselnd »Bandiera Rossa« und »Marcia Reale« sangen.

Eng umschlungen wie zwei Verliebte, aber unruhig, beschämt und voller Schuldgefühle angesichts so vieler Hindernisse, erreichten sie endlich die nahegelegene Straße. Nannina machte ein Gesicht, als liege ein übler Geruch in der Luft, sie war mißtrauisch. Sie bückte sich und sah ihre Schuhe an, die zierlichen, neuen Schuhe. Welch eine Katastrophe! »Hier in der Nähe gibt es einen Brunnen«, sagte Mario entmutigt, zog sie ihr aus und ging sie waschen. Als er zurückkam, sah er, daß Nannina weinte.

In den darauffolgenden Tagen – den Tagen der romanhaften Rekonvaleszenz Ninas – zeichneten sich folgende drei Fakten ab und nahmen Gestalt an: erstens die Anpassung Nanninas an Centocelle. Es war eine wundersame Sache: Von ihrem verzweifelten neapolitanisch-salernitanischen Dialekt war sie zunächst zu einer sprachlichen Mischform übergegangen, was ihren nächsten Familienangehörigen nicht wenig auf die Nerven ging, ganz zu schweigen von Marios Freunden und all den anderen! Bald danach sprach sie so perfekt römisch, daß man glauben konnte, sie sei in Centocelle geboren und aufgewachsen. Mit dem Dialekt und Jargon hatte sie darüber hinaus auch Verhaltensweisen übernommen und die Regeln der Gewitztheit erlernt. Nicht alle auf einmal, versteht sich, der Lernprozeß ging Hand in Hand mit den darauffolgenden Ereignissen. Am Anfang war ihre Unternehmungslust die einer Unschuld vom Land, die die unterschiedliche Art des Denkens nicht bemerkt. Dann wurde sie in einem fast nahtlosen Übergang zur Unternehmungslust einer römischen Schlawinerin.

Zweitens – und auch dieses Faktum entwickelte sich parallel zu den Geschehnissen: die Veränderung ihrer Beziehung zu Mario. Sie hatte sich in ihn verliebt, ohne es zu bemerken. Von der traditionellen Rolle der Sklavin war sie zur wirklichen Zuneigung und dann zur richtigen Liebe übergegangen. Und auch bei ihm trat ganz allmählich Liebe an die Stelle der Schwärmerei: vielleicht auch, weil er sie immer so heftig begehren und vor dem Ausgelachtwerden und den Versuchungen durch seine Freunde beschützen mußte.

Drittens: die Nacht, ihre gemeinsame Nacht, die niemals kommen wollte.

Doch leider war Mario so liebeshungrig wie die Tauben. Und er wirkte auch wie ein Täuberich: wie eine jener Tauben mit den gegen den Wind aufgeplusterten Halsfedern, denn Mario – seine Familie – stammte vom Monte Amiata und hatte etwas Barbarisches, wie die antiken Toskaner. Und so sehr er sich auch kurzscheren ließ, sein runder Kopf war immer voller hochstehender Haare: wie ein bleigraues, blondgesträhntes Pfeilkraut. Und darunter die kleinen, himmelblauen Augen – unter der Aureole eines verliebten Heiligen. Zwei kleine himmelblaue und dabei trübe Augen, die den tiefen Trieb seiner Liebe zu den Frauen widerspiegelten: hastig und heftig. Und die braune, bleiche Haut der hoch unter jenen Augen liegenden

Backenknochen war stets angespannt und etwas eingefallen. Bei seinem Charakter war es für diesen blonden, liebeshungrigen Täuberich schwer, neben dem wilden Täubchen Nannina zu leben, ohne ständig über sie herzufallen.

Nun, was sie brauchten, war eine Wohnung. Nannina wurde dies klar, und mit einer Unschuld, die nur ihr eigen war, aber auch mit Zähigkeit und mit Entschlossenheit zum Erfolg tat sie alles, um ihr Ziel zu erreichen. Sie begann mit dem einfachsten, bäuerlichsten Weg: Geld auf die Seite zu legen: »Münzgeld«, wie sie sagte, »Kohle«, wie Mario sie verbesserte, der ihr jedesmal, wenn sich eine Gelegenheit bot, Sprachunterricht erteilte. Sie ging mit Marios Mutter und seinen Schwestern arbeiten, am Stand auf der Piazza Vittorio. Aber sie war noch in einer für diesen Zweck und diese Umgebung sprachlich wenig geeigneten Phase. Sie schrie, wie dies in ihrem Dorf üblich war, zum unbeschreiblichen Vergnügen der Obstverkäuferinnen zur Rechten und der Fischhändler zur Linken. Es endete mit einem allgemeinen Streit der Frauen mit Kratzern und Tritten: Und diese Handgreiflichkeiten waren tagelang das Thema der Gespräche der beiden jüngeren Schwestern Marios. Jedenfalls ging Nannina nicht mehr mit zur Piazza Vittorio.

Wie bereits erwähnt, hatten Nanninas Brüder und ihre Mutter ein Auge auf die Wohnung in der Via dei Sambuchi geworfen. Da die Finamores noch immer nicht ausgezogen waren, hofften sie insgeheim, daß wenigstens Mario und Nannina schon einmal gehen würden. Es war von daher, auch angesichts der allgemeinen Übereinstimmung in der Familie, ein leichtes, den Onkel zu überreden, Nannina als Kassiererin in seiner Spielhalle anzustellen. Nannina trat ihre Arbeit dort wie das nackte Elend an. Das Gerücht über die außergewöhnliche Kassiererin bei Don Ciccillo verbreitete sich in Windeseile unter den jungen Männern des Viertels. Eines Abends, als er von der Arbeit zurückkehrte, wurde Mario von einem Freund angesprochen: »Hör mal, Ma', ich muß ein paar Worte mit dir reden«, sagte dieser. Er war voller Ehrgefühl, Loyalität und Freundschaft. Die »Worte« wurden auf später verschoben. Inzwischen betraten sie unter gegenseitigen Beteuerungen ihrer Freundschaft und ihrer Aufrichtigkeit eine Pizzeria, tranken, machten sich weitere Freundschaftserklärungen und gaben sonstige Vorworte und Präambeln zum besten. Dann, als er bereits nicht mehr ganz nüchtern war, begann ihm sein Freund höchst diplomatisch auf halbem Weg zwischen Jargon und neapolitanischen Auftritten etwas zu flüstern. Seit einer gewissen Zeit hatten die jungen Männer der Gegend entdeckt, daß Tischfußball ein höchst vergnügliches Spiel ist: Allmählich hatten sie die kleinen Jungen aus deren Reich vertrieben, waren zu Stammkunden geworden und hielten alle Spieltische besetzt. Nannina ihrerseits blieb etwas einfältig, wie eine Unschuld vom Lande, hinter der Theke und verstand die leidenschaftlichen Elogen auf ihre Schönheit nicht. Verstand sie diese Komplimente wirklich nicht? Jedenfalls ließ sie zu guter Letzt alle, sei es mit einer Geste, einem Wort oder mit einem schelmischen Funkeln ihrer Augen abblitzen. Sie amüsierte sich dabei, spielte die Einfältige, und dabei sahnte sie die Kohle für die Wohnung ab. Mario machte in dieser Sache kurzen Prozeß; er verprügelte sie sogar, wenn auch mit Diskretion.

Am Tag danach wurde beschlossen, daß Nannina lesen und schreiben lernen mußte. Nina wurde mit dem Unterricht beauftragt, wurde dessen jedoch schnell überdrüssig. Mit Hilfe der Zeitschrift »Grand Hôtel« führten die beiden jüngeren Schwestern die Ausbildung zu Ende, etwas zum Leidwesen des Herrn Finamore, der in dieser Angelegenheit nur zu gerne eingegriffen hätte. Doch das Verhältnis zwischen den beiden zusammenwohnenden Familien war in dieser Zeit ziemlich angespannt: Die Frauen bekriegten sich stumm, und hin und wieder kam es zur Explosion. Noch größer war allerdings die Enttäuschung des ältesten Sohns, Romolo Finamore, der von Anfang an ein Auge auf Nannina geworfen hatte. Und da während der Werktage alle bei der Arbeit waren, kam es des öfteren vor, daß er und Nannina die ganze Wohnung für sich allein zur Verfügung hatten.

Romolo Finamore war seit einem Jahr Buchhalter, und mit seiner Gruppe aus Studenten und Vatersöhnchen stellte er das andere Gesicht des sozialen Lebens von Centocelle dar. Er trug spitze Halbschuhe, Krawatte, Pfeffer- und Salz-Mantel und Röhrenhosen. Das Zentrum des Streits zwischen den beiden Familien lag im Grunde bei ihm und verzweigte sich dann in die Bars, die von Marios und von Romolos Freunden besucht wurden.

Nannina hatte Romolo nicht einmal bemerkt: Er war ein herrenloser Hund, der ihr ab und zu um die Beine strich. Außerdem verbrachte Nannina fast den ganzen Tag in der Barackensiedlung bei ihrer Mutter und ihren Landsleuten. Ihre Mutter wurde immer garstiger und altmodischer: Ein anderes Mittel der Anpassung als das des Schweigens besaß sie nicht: Ein ausdruckvolles, feuchtes Schweigen wie das der Hunde und Bettler. Ihre Anpassung schien um so nötiger zu sein als auch ihre Tochter dabei war, sich zu verändern: in ihren Handlungen, in ihrer Sprache. Sie konnte sogar lesen... Mit Adele, der Hure, die tagsüber eine brave Hausfrau war, las sie die Kleinanzeigen im »Messaggero«, und Nannina erschloß sich mit ihrer ländlichen Unschuld neue Arbeitsmöglichkeiten und Einnahmequellen...

Die einzigen, die von dem Geheimnis der Auftritte Nanninas wußten – Mario wurde später vor vollendete Tatsachen gestellt –, waren ihre natürlichen Beschützer, ihre drei Brüder, die in der Hoffnung auf die Wohnung in der Frage der Ehre ein, ja sogar beide Augen zugedrückt hatten...: noch schurkenhafter als je zuvor. Mario, der Ärmste, schuftete den ganzen Tag, verdiente in der Woche eine ganze Menge. Sonntags, wenn er mit zwei oder drei Scheinen in der Tasche sein Bräutchen ausführte, verdüsterte sich manchmal seine Miene, und mit einer Stimme, die die Knochen gefrieren ließ, sagte er dann: »Wenn ich ein Maschinengewehr hätte, würde ich sie alle umlegen... und nicht einmal vor Jesus Christus würde ich haltmachen.« Sie aber, kapriziös und gierig wie ein kleines Mädchen, blieb hart: mit jener geheimnisvollen und ergreifenden Hartnäckigkeit, die man ihrer Rasse nachsagt. Sie war sogar fähig, auf ein kleines Eis zu zwanzig Lire zu verzichten.

Es war dieser ausgekochte Finamore, der Nannina mit Hilfe seiner Beziehungen zu den schönsten jungen Männern des Viertels auf die Straße nach Cinecittà brachte. Und es war seine Schuld, daß eine wirkliche Tragödie auszubrechen drohte. Diesmal bezog Nannina jede Menge Prügel. Doch es ließ ihrer Seele keine Ruhe: Sie sah die Tausendlirescheine in greifbarer Nähe, hinter einem Mäuerchen, hinter einer rotweißen Absperrung. Und sie verstand nicht, was ihr Ehemann denn eigentlich wollte: »Sie hat keinen Sinn für die Vernunft«, wie er es ausdrückte. Sie hingegen dachte nicht im Traum daran, vor diesen Männern Angst zu haben, die geschniegelt und herausgeputzt in jener Gegend herumflanierten, sich gegenseitig zuriefen, als seien sie immer gutgelaunt, selbst die mit den saftlosen Hungerleidergesichtern. Wenn sie wirklich nicht an ein Messer dachte, so wußte sie doch genau, wie sie sich verteidigen konnte. Und im übrigen ging sie dorthin, um zu arbeiten: Alles andere, was nichts mit der Kohle zu tun hatte, die sie für die Wohnung benötigte, scherte sie einen Dreck. Das zweite Mal, als Mario sie sich vornahm, war es schmerzhaft.

In der Wohnung in Torpignattara und in den Baracken in Mandrione kam es zu einem heißen, zornigen Sonntag. Mario und die beiden Brüder – der mittlere war wenige Tage zuvor zum Militärdienst einberufen worden – schrien sich wie die Wilden an, und die Frauen schrien noch lauter, unterstützt von Adele und zwei oder drei weiteren Huren, die ebenfalls brüllten, die armen Kreaturen, mit ihren Gesichtern, die selbst Steine erweicht hätten.

Als jedoch Mario in jener Woche beim Fußballtoto zwölf Richtige hatte und fast dreihunderttausend Lire gewann, renkte sich alles wieder ein.

Die beiden Jungvermählten sahen sich bereits im Schlafzimmer, in der Küche und im Bad ihrer Träume: Nannina geriet vor Freude ganz aus dem Häuschen, redete und sang den ganzen Tag, begann sich aufzuspielen, nahm eine bedeutsame Haltung ein... Einkäufe mußten getätigt werden. Darüber waren sie sich einig und erhielten allgemeine Zustimmung, denn beide hatten nichts mehr anzuziehen – Marios Schuhe waren durchlöchert, und mit den zwei oder drei Lumpen, die sie auf dem Leibe trug, konnte es bei ihr auch nicht mehr weitergehen. Am Tag darauf machte Mario blau und ging mit Nannina zur Piazza Vittorio. Sie erlebten diesen Tag wie in einem Delirium, gingen mit tausend vernünftigen Überlegungen von Geschäft zu Geschäft, schwitzten vor Aufregung vor den Schaufenstern... Gegen Abend kehrten sie mit Tüten beladen per Straßenbahn nach Torpignattara zurück, völlig erschöpft und mit Ebbe im Geldbeutel. Dafür trug Mario einen auffallenden, rot, türkis und schwarz gestreiften Pullover, der wie ein persischer Teppich aussah und ihn zehn Lappen gekostet hatte. Beide hatten ein gebrochenes Herz: Betäubt vom Einkaufsrausch und erschlagen von dem Glück, das ihnen immer wieder unangenehm aufstieß, trösteten sie sich damit, daß ihnen ja eigentlich noch zweihundert Lappen verblieben waren.

Doch für diese restlichen zweihundert Lappen kaufte sich Mario eine Rumi. Für Nannina, die Ärmste, war dies ein harter Schlag. Wie war das möglich? Nachdem so viel über die Wohnung gesprochen worden war... von der Wohnung, wo sie sich endlich hätten ungestört lieben können. Für die demütige Braut war dies ein wirkliches Rätsel, das sie noch mehr demütigte, das sie in den alten Zustand einer Schafhirtin zurückversetzte. Sie sagte nichts. Tatsache ist, daß Mario die Rumi schon lange vor Nannina im Herzen getragen hatte. Sie war seine wirkliche, große Leidenschaft, die ihn mit den anderen gleichstellte – den Mackern, versteht sich, von Torpignattara – der Schimmer eines Lebensideals, die Möglichkeit, im Leben wirklich etwas zu erreichen.

Mario erschien eines Dienstagabends auf den Straßen von Torpignattara in dem neuen Pullover auf der Rumi: mit hundert Stundenkilometern. Es war bereits spät; die Ampel an der Via dell'Acqua Bullicante stand auf gelb, und nur Zeitverschwender oder letzte Grüppchen von Arbeitern an den Haltestellen der Straßenbahn waren unterwegs. Noch am selben Abend versetzte Mario seine alten Freunde aus der Bar 2000 und aus der Bar della Pugnalata, seine Billard- und Kartenkumpel. Er stieg auf zum Freund der Motorisierten, tat sich mit ihnen zusammen. Diese vollführten Abend für Abend Wettrennen und Karussellfahrten, die im ganzen Viertel einen ohrenbetäubenden Lärm machten, bis sie mit Vollgas in Richtung Tivoli oder Grottaferrata davondonnerten, um nach Mitternacht angetrunken und mit feuerroten Gesichtern zurückzukehren. Sie waren wie Mechaniker angezogen, denn die Anführer der Bande arbeiteten ein kurzes Stück stadteinwärts in der Via Casilina, gegenüber dem winzigen Denkmal für die Gefallenen, in einer Reparaturwerkstatt; aber es waren auch die Gutgekleideten dabei, Fahrer von Guzzis, Lambrettas, alten Sport-MBs wie Mario: Doch obwohl ihre Gesichter nicht schwarz von Teer und Maschinenöl waren, schienen auch sie soeben der Hölle entstiegen zu sein. Noch schwarz und heiß von den Flammen des Teufels.

Schon an jenem Abend begann Mario, an den Wettrennen teilzunehmen, seine Zeit von den Freunden, die auf dem hinteren Sattel mitfuhren, genauestens mit Stoppuhren gemessen. Sie veranstalteten Rennen durch die Borgata Gordiani oder auch den Pigneto hinunter, wobei sie in Intervallen, in der Reihenfolge der Motorenstärke starteten. Dann hatten sie genug davon und verzogen sich wie eine Verbrecherbande hinab in Richtung Mandrione.

Dieser Traum hielt die ganze Woche an: Nannina sah Mario

bäuchlings auf der Rumi vor der Haustür verschwinden, und bis zum nächsten Morgen bekam sie ihn nicht mehr zu Gesicht. Am Samstag abend beschloß die motorisierte Bande, mit neuen Hosen und gewissen, wie Meßgewänder bestickten Pullovern (mit Ausnahme der ganz Fanatischen, die – aus Eitelkeit – ihre verschmierten Overalls nie auszogen), eine Spritztour nach Ostia zu machen. Sie fuhren hin, tranken dort ein Gläschen Schnaps, und schon waren sie wieder in Torpignattara. Sie tauchten unten in Acqua Bullicante in der Gegend von Mandrione auf, bogen unterhalb der Ampel nach Torpignattara ein, fuhren nach rechts zur Bar della Pugnalata. Mario hatte wegen eines kleinen Lieferwagens den Anschluß verloren, und um die anderen wieder einzuholen, fuhr er mit hundert Sachen auf dem aufgerissenen Kopfsteinpflaster. Rechts von ihm fuhr die Straßenbahn, und von vorne kam ein Lastzug, als plötzlich, am Due Allori, Kinder über die Straße rannten. Mario streifte die Straßenbahn und landete unter den Rädern des Lastzugs. Dort lag er neben der zerfetzten Rumi in einer Blutlache, so zerquetscht, daß er nicht mehr zu erkennen war. Man deckte ihn mit Zeitungspapier zu.

Als sie ihn tot unter blutigen Papierfetzen liegen sah, begriff Nannina, wie sehr sie diesen jungen Mann liebte. Und daß für sie nun alles zu Ende war. Während der ersten Monate der Trauer wurde sie in der Wohnung von Marios Familie toleriert; dann veränderte sich die Lage allmählich so, daß sie gehen mußte. Sie war erneut eine Unbekannte geworden, hielt einen Platz inne, der ihr nicht zustand; keiner mochte sie und keiner sprach mit ihr. Anfänglich versuchte sie, in ihrer bäuerlichen Trauer verschlossen, die Karte der Erinnerung an Mario zu spielen; doch dann mußte sie sich ergeben, und ging weg. Sie ging in die Hütte ihrer Brüder und ihrer Mutter, in Mandrione.

Sie lernte allmählich das Leben kennen, das sich dort in einer Kruste aus Staub und Dreck, in jenen armseligen, an die Mauern des Aquädukts gedrängten Baracken abspielte, bis spät in die Nacht, wenn das rötliche Licht, das durch die Türspalten Streifen auf die schlammige Erde warf, aus den hier und dort verstreuten Behausungen, wo Huren wachten und auf die zerstreuten Grüppchen der Freier warteten, mit der Anführerin, der ältesten unter ihnen, die schamlos die Jungen, die sich dorthin verirrten, zu sich rief; die ärmlichen, grauen Betten, die man durch die kleinen, schiefen Fenster mit Kistenböden als Fensterläden sehen konnte; und alles ging wie in einem langen Hof vonstatten, in einem Gedärm, unter dem glühenden, klaren Himmel der Sommernächte, in der heiteren, klangreichen Luft jenseits der Bögen des Aquädukts. Und dann das trostlose Erwachen am frühen Morgen mit dem gleißenden Licht, das auf den trockenen Schlamm fiel, auf die Kinder in ihren Lumpen, auf die Frauen, die einkaufen gingen. Die Menschen, die in dieser Gegend wohnten, rächten sich jetzt an Nannina: jetzt, da das Mädchen, heruntergekommen und elend, zu ihnen gehörte. Ihre Schönheit machte sie den Frauen noch unsympathischer, die nur darauf warteten, daß diese Schönheit sich im Schlamm beschmutzen würde. Aber sie ließ sich nicht unterkriegen: Und um ihren Lebensunterhalt zu verdienen, arbeitete sie.

Ihr ältester Bruder hatte Glück: Einer seiner Freunde aus Torpignattara war auf zwielichtige Art zu Geld gekommen und wollte dieses anlegen. Santo war in der Provinz Benevent Friseur gewesen, und so beabsichtigte sein Freund, ein Friseurgeschäft zu kaufen – und es zusammen mit ihm zu betreiben, indem er ihn anstellte. Sie fanden einen kleinen Laden in Forte Boccea, was sozusagen in einer anderen Stadt war. Am Anfang kam Santo ziemlich oft nach Mandrione, wenn auch vor allem aus Eitelkeit: Doch dann, je mehr der erste, unschuldige Stolz dem Gefühl der Würde eines sozial Aufgestiegenen wich, wurden seine Besuche immer seltener. Er kam im dunklen Anzug, machte das Gesicht eines Amtsdieners, trug Krawatte mit Nadel, Schnurrbart, und die Haare auf seinem Bauernschädel waren mit Brillantine in Form gelegt. Er sprach nur wenig, um seine Würde nicht zu kompromittieren, bis er, ein ganz seriöser, berufstätiger Herr geworden, der eine Familiengründung plant, völlig verschwand...

Am Anfang, als er noch zu sonntäglichen Besuchen zu seinen Verwandten kam, war es auch recht unwahrscheinlich, daß er Nannina traf, denn Nannina ging, obgleich sie hartnäckig Trauer trug, mit Romolo Finamore ins Kino, dem einzigen aus den höheren Gefilden, aus denen sie verbannt und verstoßen worden war, mit dem sie den Kontakt beibehielt. Der junge Mann war über beide Ohren in sie verliebt; seit Monaten dachte er an nichts anderes, hegte keinen anderen Wunsch, als den, sie zu besitzen, war von dem sündhaftesten aller Liebesgefühle befallen. Der kleine Buchhalter war immer noch ohne Arbeit, und mit drei oder vier Kröten in der Tasche war er noch mit keiner anderen Frau zusammengewesen als mit den Huren von Torpignattara. Nannina war seine große Liebe.

Aber das Schicksal war ihm nicht wohlgesonnen. Bereits seit einiger Zeit bemerkte er, als er mit weißen Lochlederhalbschuhen und gelbem Pullover nach Mandrione kam, um Nannina abzuholen, daß Aurelio, der Zuhälter Adeles, an dem Pfosten einer halb ausgehängten Tür lehnte oder, die Hände in den Hosentaschen, mitten im Schlamm stand, an einem Zahnstocher kaute und ihn anblickte. Zunächst hatte er ihn lediglich hart und ausdruckslos wie ein Tier angeschaut, groß wie ein Schrank in seinen nußfarbenen Hosen und seinem schmutzgrauen Hemd. Dann zog er eine Grimasse und ließ etwas Speichel durch die Zähne zwitschern: Es hätte natürlich einfach das Geräusch eines Menschen sein können, der soeben mit dem Essen fertig war: Doch in dem Laut lag etwas Unverschämtes und Bedeutungsvolles, das Romolo sehr genau erfaßte – er kannte dieses Gehabe gut –, aber er tat so, als würde er es nicht verstehen. Eines Sonntags machte der Zuhälter dann eine Äußerung, sagte einen schnellen, ironischen Satz, wie zufällig in den Wind gesprochen, lakonisch und gültig wie ein Sprichwort. Dann trat er in Adeles Hütte und schlug die baufällige Tür hinter sich zu. Beim nächsten Mal konnte Romolo nicht mehr den Unbedarften spielen, denn der Blick des Zuhälters war von dem Augenblick an, als er in der Straße erschienen war, starr und provozierend auf ihn gerichtet: Es war eine mit innerer Wut vermischte Ironie, eine eisige Kälte, die jedoch fast vertrauliche und freundschaftliche Züge annahm. Alles war für die Zeremonie der Auseinandersetzung vorbereitet. Behäbig löste sich der Zuhälter von dem Türpfosten, an dem er müde gelehnt hatte, spuckte den Zahnstocher aus und stellte sich massig, lässig und breitbeinig mitten auf die Straße. Er wartete mit einem etwas zweideutigen Blick auf Romolo: als habe er die Absicht, ihm auf die Schulter zu klopfen und mit ihm über einen Witz zu lachen, oder als kenne er eines seiner Geheimnisse und wolle ihn erpressen.

Jedenfalls konnte Romolo, als er dicht vor dem Gesicht des anderen angekommen war, nicht umhin, ihn in einem Tonfall, der noch alle Rückzieher gestattete, zu fragen: »Was gibt's?«

Der andere, um schnelle und treffende Antworten nicht verlegen, erwiderte prompt: »Was meinst du mit: ›Was gibt's?‹«

»Du schaust mich so an«, sagte Romolo etwas kindlich.

Der andere grinste: »Ach, du erlaubst dir, Leute zu beleidigen, nur weil sie auf der Straße stehen? Bürschchen!« sagte er mit leiserer Stimme, wie jemand, der einen guten Ratschlag erteilt, »Sei vorsichtig, denn hier fällste auf die Schnauze!«

Romolo versuchte, das Ganze ins Witzige zu wenden. »Ist ja gut«, sagte er und zuckte lachend mit den Schultern. Die Miene des anderen verfinsterte sich. Er ging auf Romolo zu, griff sich ganz sacht ein Stückchen von dessen gelbem Pullover und begann, auf ihn einzureden. Nach einigen Einleitungen – ein paar Fratzen, zwischen einem »Bürschchen« und dem anderen, zwei Schlägen mit den Fingern auf die Nase, ein paar allgemeinen Betrachtungen über seine Prinzipien... – warnte er Romolo davor, sich noch einmal in dieser Gegend blicken zu lassen.

In jenen Tagen wurde sie von ihrer Mutter verlassen. Nachdem die Mutter tage-, monate- und jahrelang geschwiegen hatte, redete sie eines Morgens in ihrem neapolitanisch-salernitanischen Dialekt. Sie war am Brunnen, nach einem Gewitter, und es regnete noch. Die Sträßchen um die Hütten waren vom Matsch noch ganz glitschig, der Regen fiel schräg, von einem lauen Wind getragen. Es donnerte in der Ferne, irgendwo hinter den Mauern des Aquädukts, in den Gräben der Eisenbahn, über den Dachwohnungen des Quadraro, die wie weiße Gräber vor dem blauen Himmel in einer Reihe standen, dem einzigen Stück Himmel, rein, heiter, leer wie in einem Traum.

Die Alte begann, wie eine Verrückte zu brabbeln, schnell wie ein Kind, so schnell, daß sie die Wörter nicht fertig sprach und die Satzenden beim Luftholen verschluckte. Dann rannte sie mit dem leeren Eimer in ihre Hütte und fing dort wieder an zu reden, allein, denn es war niemand da.

Sie sprach, streckte ab und zu die Nase durch die Türöffnung und zog sich dann gleich wieder ins Dunkel der Baracke zurück. Ihre Worte kamen und gingen, als würden auch sie vom Regen, vom lauen Wind, dem letzten Sommerwind, herbeigetragen. Sie redete den ganzen Morgen lang mit den anderen Frauen aus der Umgebung – am Brunnen, im Schlamm, zwischen eingefallenen Hütten, unter dem Blech –, die mit den dümmlichen Gesichtern derjenigen dreinblickten, die sich nur um die eigenen Dinge kümmerten, obwohl sie die Angelegenheiten der anderen mitbekommen, mit ihnen aber nichts zu tun haben wollen. In diesen dümmlichen Gesichtern stand bereits all das geschrieben, was sich nun ereignen sollte.

Am Abend kam Nannina zurück, und auch Alfio kehrte heim – er arbeitete auf einer Baustelle in Monte Sacro –, und wenn bisher niemand verstanden hatte, was die Alte in ihrer unbekannten Sprache sagte, so konnten jetzt ihre Kinder, obwohl sie sie verstanden, nicht begreifen, warum eine siebzigjährige Frau plötzlich wie ein sechsjähriges Kind redete, ohne Fieber zu haben – obwohl sie sie, was für sich spricht, bei ihrer Heimkehr vollständig angezogen auf ihrem rußschwarzen Schlaflager im hinteren Teil des tropfenden Raums vorgefunden hatten, wo sie mit der Zimmerdecke redete und hin und wieder ihren Zuhörern verzweifelte Blicke zuwarf, die so abgehackt waren wie ihre Worte.

Und so machten Nannina und später auch Alfio nur dümmliche Gesichter. Die Alte sprach eine Woche lang ununterbrochen von Ereignissen aus ihrer Kindheit, dann streckte sie in ihrem Schlaflager die Beine aus und starb. In Schweigen gehüllt blieb sie dort liegen, bis sie weggetragen wurde.

Nachdem also Gennaro Soldat geworden war und Santo in Forte Boccea seinen sozialen Aufstieg gemacht hatte, blieb Nannina mit ihrem jüngstem Bruder, Alfio, allein in der Hütte.

Noch am Tag des Begräbnisses der Mutter, nach der Rückkehr vom Friedhof, als der Abend wie ein Gewitter über Acqua Bullicante und Torpignattara hereinbrach und über die Via Casilina zog, wo der ausgeklungene Tag wie ein Phantasma zurückblieb und wo Zehntausende von der Arbeit zurückkehrende Menschen durch sein gläsernes Licht schritten als wäre Karneval, ging Alfio mit einem Kumpel, den er zufällig in jener Gegend, bei Gara oder in der Bar Flamengo getroffen hatte, ins Kino. Ins Kino Due Allori, diesen Flohstall. Wo rechts und links von der Leinwand noch der aufgezogene rote Vorhang hing, völlig zerlumpt und verstaubt. Im Zuschauerraum waren altmodische Sitze, alle kaputt. Und am Fußboden waren die Spuren der Pissereien, die die Dreistesten, ohne sich zu erheben, von ihren Plätzen aus vollführten, und die unter der Leinwand zwischen Papierabfällen, Zigarettenstummeln, Zeitungsteilen und Erdnußschalen zusammenflossen. Etwa vierzig Zuschauer hatten sich gemütlich in die knarrenden Rückenlehnen sinken lassen. Die ärgsten Lümmel, die unter Zwanzig, drückten ihre Knie gegen die Rückenlehne des Vordermannes, die Bäuche frei sichtbar und allen Luftzügen ausgesetzt. Den Luftzügen, die aus der Toilette kamen. Deren Tür öffnete und schloß sich ohne Unterlaß, wie ein Leuchttum: ein Lichtschein und eine übelriechende Dunstwolke, und ein gniiiiu gnnnnnau, gefolgt von einem pac, was bedeutete, daß sich die Tür hinter dem letzten rituellen Akt geschlossen hatte, und hinter diesem sakralen Aufenthalt dort drinnen, zwischen der Glasscheibe und den Toiletten, zwischen den vollgekritzelten und beschmierten Wänden, die von Inschriften und Zeichnungen bedeckter waren als der Kelch des Gottvaters. Drei oder vier kleine Jungen, einer mit roten Haaren und einem Gesicht, das rot war wie das eines Bauernjungen, ein kleiner, so zart wie eine Grille, die Erdnüsse, Eis und Früchtebrot verkauften und folglich zum Haus gehörten, küßten sich aus Spaß ständig, wie Liebespaare sich küssen. Der Rothaarige küßte den kleinen Schwarzhaarigen auf den Mund, und der bekam nicht genug. Dies war gegen die Leinwand sichtbar, wo gerade eine Schießerei stattfand; doch wußte man nicht, was unten, hinter der von Holzwürmern kunstvoll bearbeiteten Rückenlehne, die schmutzigen Hände taten. Auch Alfio und sein namenloser Kumpel gingen zu ihren Sitzen, rauchten wie die Blöden mit angewiderten Mündern und genossen den Gangsterstreifen. Dann beteiligten auch sie sich an der Zeremonie des Toilettengangs. Und dort stieß Alfio auf sein Opfer.

Es war ein Dreißigjähriger mit verschrecktem Gesicht, kurzgeschorenem Haar, in einem blauschimmernden Trenchcoat, wie ihn Angestellte tragen – er lehnte an der ebenfalls bläulichen, von dreckigen Wasserschlieren gestreiften Scheibe und schaute in die Luft.

Etwa zehn Minuten später verließen Alfio und der Verzweifelte das Due Allori, gingen zuerst die Via Casilina entlang, wo es bereits Nacht war, und bogen dann in die enge, lange Straße ein, die von der Via Casilina wie ein Gäßchen abzweigt und zu zwei oder drei Häusern hinabführt, die aus der Zeit übriggeblieben sind, als hier noch offenes Land war, die dann zwischen Mäuerchen und Barackensiedlungen allmählich ansteigt, auf freiem Feld über Hügel hinauf und wieder hinab, und schließlich in der Borgata Gordiani endet. Etwa in der Mitte dieser Straße gab es an einem Abhang, der zu einem Graben mit dichtem Gestrüpp und ein paar alten, verlassenen Obstbäumen hinunterführte, eine Wiese. Links davon waren Baustellen, rechts waren noch immer bestellte Äcker mit Misthaufen, vom letzten, leichten Sommerwind aufgewirbelt.

Die beiden machten im Schmutz bei diesem Graben halt. Die Freude, die Alfio dem Verzweifelten geben konnte, war kurz: Denn er hatte schwache Nieren und die Hitzigkeit all derer, die in der Gegend von Benevent geboren sind.

»Einen halben Tausender, was soll ich mit einem halben Lappen anfangen, da kann ich mir gerade was zum Knabbern kaufen«, sagte er dann. Tatsache ist, daß Alfio nicht zufrieden war – in seinem Inneren, in seiner Seele, in seiner Verdammtenseele –, weil er von diesem vom Himmel Gefallenen oder wer weiß welchem Schmutz und Elend Entkommenen nichts anderes gesehen hatte als den bläulichen Trenchcoat: Er wollte sich weder mit einem halben noch mit den zwei oder drei weiteren Scheinen begnügen, die der Mann in seiner Tasche haben mochte; er wollte nichts anderes, als in den Besitz des Trenchcoats gelangen, mit der gleichen Verzweiflung, mit der der andere in den Besitz dessen hatte gelangen wollen, was der Junge in der Brutstätte seiner schmutzigen Arbeitshosen trug. Nun packte er ihn am Kragen, hob ihn hoch, wie man den Rock einer Frau hochhebt, um mit lächelndem Auge das Futter zu untersuchen: als ob dieser Trenchcoat nicht von einem Menschen getragen würde, sondern an einem Garderobenhaken hinge.

Kurzum: Alfio wollte diesen Trenchcoat haben. Wenn nicht freiwillig, dann eben mit Gewalt. Doch der Schwule weigerte sich: Wie ein Kind klammerte er sich an seinen Besitz, ließ nicht los. Mit der gleichen Schnelligkeit, mit der er gekommen war, packte Alfio jetzt die Wut, er warf den Schwulen zu Boden – dieser begann zu weinen, zu schreien und um Hilfe zu rufen, der Idiot, als wäre es ihm lieber, in die Klapsmühle zu kommen, als sein Kleidungsstück herauszurükken. Um ihn zur Ruhe zu bringen, nahm Alfio einen Stein, der dort im Schmutz lag, und schlug ihm auf die Stirn, drei-, viermal: Der andere war nun still. Alfio zog ihm den Trenchcoat aus und lief weg.

Drei, vier Tage später wurde er zusammen mit einem Kumpel bei Gara festgenommen, ganz stolz mit dem blauschimmernden Trenchcoat des Schicksals bekleidet; er landete im Coeli-Gefängnis, denn einen Monat oder noch weniger zuvor hatte er sein achtzehntes Lebensjahr vollendet.

Nannina war nun allein, in Rom wie in Salerno, in Centocelle wie in Mandrione. Allein auf der ganzen Welt. Der kleine Buchhalter war nicht mehr aufgetaucht. Hingegen war Aurelio da, wie ein Python, der schläft, auch wenn er sich bewegt. Ein paar Monate lang strich er so herum: mit fernem, zerstreutem Blick und schwarzem, herabhängendem Schnurrbart. Sonntagmorgens, wenn Adele nicht arbeitete und spät aufstand, ging Nannina in deren Baracke und trank einen Vermouth. Sie arbeitete jetzt als Dienstmädchen bei einem Ochsentreiber, der Ministerialbeamter war, und hatte vom Geschirrspülen rote Hände; und als sie bereits seit einiger Zeit wußte, worauf die Sache hinauslaufen würde, wurde sie allmählich immer gefügiger, und so mancher junge Mann hatte schon nach dem Tanz im Bruscolotti-Saal oder im Nilo mit jenen roten Händen Vorlieb genommen. Eines Morgens war Adele nicht da. Aber Aurelio war da, gerade aus einem langen Schlaf erwacht: Seine schwarzen, sizilianischen Augen leuchteten wie Sterne in dem mütterlichen Ausdruck seines ganzen Gesichts. Er umarmte Nannina, wie nur eine Mutter umarmen kann – ein Beschützer wie ein Heiliger. Er legte Nannina sanft auf Adeles Bett, wie ein Priester, der eine Hostie auf das Tabernakel legt, und ließ sie jenes Ding spüren, das sie seit ihrer Zeit mit Mario nicht mehr gespürt hatte.

Nannina begann ihr Leben eines Abends im Spätwinter, als am Tag zuvor etwas Schnee auf Rom gefallen war: Auf dem Rand des Brunnens und den Bögen von Mandrione war eine schöne, weiße Schicht liegengeblieben. Auf der Via Tuscolana an der Acqua Santa, wo Nannina arbeiten ging, war es bereits dunkel. Und es regnete leicht. Dort, wo Aurelio sie hinbrachte, am Rand der Wiesen der Acqua Santa, die sich bucklig und von Grotten schwarz vor dem mit hellen Wolken übersäten Himmel abzeichneten, hatten die anderen Frauen ein Feuerchen angezündet. Im Herzen des Winters, mit etwas wenn auch schmutzigem Schnee hier und dort, lag bereits etwas Frühlingshaftes.

Die Huren standen um ihr Feuerchen oder suchten aufgeregt wie junge Mädchen nach Holz und Papier, damit es nicht ausginge: Es war ein völlig unbedeutendes Feuerchen, das der eisige Frühlingswind kaum aufflackern ließ zwischen den Füßen der Huren und denen einiger gutmütiger Freier oder denen von ein paar zarten Jünglingen – die mit ihnen dorthin gekommen waren, um sich zu erwärmen und ihnen ein wenig Gesellschaft zu leisten.

(1954)

Eine Bauerngeschichte.

PROLOG. Ein Drittel des Fleisches, das in Rom täglich verzehrt wird, gelangt, wie man zu sagen pflegt, illegal in die Stadt. Der Gewinn für ein schwarz geschlachtetes Stück Vieh beträgt in den Jahren 1956 bis 1959 etwa zweihunderttausend Lire. Den Unterlagen von Cid Burete zufolge – in die wir für diese Erzählung Einblick genommen haben – sind fast alle Fleischhändler, die regelmäßig ihre Waren vom Schlachthof beziehen, und die fälligen Gebühren entrichten (Schlachtung, Steuer, etc.), auch am Schwarzhandel beteiligt.

Eine ganze Genossenschaft schwarz schlachtender Händler...

TUSCANIA, STEINMULDEN, VIEH, ROMANISCHE KÖNIGE, NEOREALISTISCHE HILFSBURSCHEN... Eine Gruppe dieser Händler streift über die Felder.[1]

Sie brauchen noch einen Hilfsburschen, finden ihn und werden einig: Ein Knecht unter den Menschen, ein König unter den Knechten, dem eine prophetische Mutter den Namen Romano gab.

Die Nacht legt sich über die Hügel und Schlösser von Tuscania.

Sofort werden hinter der Ruine einer Kirche[2] hastig einige Tiere abgestochen.

Romano ist bis zu den Ellenbogen mit Blut verschmiert. Blut und Kot[3]. Bis zum ersten Tageslicht, dem ersten Licht eines Sommertages wird das restliche Vieh auf den Lastwagen geschafft. Die Kälber schmatzen. Um die Verängstigten zur Ruhe zu bringen, steckt Romano ihnen wie einen Schnuller einen Finger ins Maul. Bis hin nach Rom keine Wolke am Himmel.

ROM. BLUT. GESELLSCHAFTSSPIEL. Er kommt zum erstenmal nach Rom. Doch es ist nicht Rom, sondern der Stadtteil Testaccio, der

1 wie Vieh auf der Suche nach Vieh
2 einer romanischen
3 Zitat nach G. G. Belli

unter der Sonne glüht; die Senkgruben sind von Blut und Kot verstopft. Die Straßen laufen sternförmig aufeinander zu – in der Mitte der nackte, kahle Hügel – daneben das Tiberufer. Zwischen dem Weiß der Mauern und dem Gelb des Flusses eine Müllhalde und der Schlachthof. All das sieht nun Romano, der achtzehn Jahre lang zwischen Blumen gelebt hat.

Die Gebäude, in die die Tiere zur »Endlösung« geführt werden; die Verschläge, wo sie tagelang abmagern und brüllend darauf warten, an die Reihe zu kommen; die Wärter träge oder nur auf ihren eigenen Vorteil aus.

(ANMERKUNG. Wie Cid Burete zeigt, verbindet diese Menschen sowohl eine Art Genossenschaftsgeist als auch ein Schweigegelübde. Im Schlachthof bekommt keiner eine Stelle, der nicht Sohn oder Neffe eines bereits Angestellten ist. Es sind »üble« Leute: Und alle haben reichlich Zaster, da eine Art Gewohnheitsrecht sie dazu befugt, täglich etwas Fleisch mitgehen zu lassen. Hinzu kommt der Schwarzhandel außerhalb des Schlachthofs, in den sie alle verwikkelt sind. Jetzt gehört auch Romano dazu. Er ist von Zenobi abhängig, dem Organisator jener Schlachtung, für die er angeworben wurde. Zenobi seinerseits ist von ihm abhängig, da er nicht nur Komplize, sondern auch Zeuge seiner Machenschaften ist.)

Wie einen jungen Stier hat es Romano nach Rom verschlagen: dickschädelig, mit gesenktem Kopf, blind. Seine Träume sind begrenzt, Angst hat er vor keinem. (Unter der Sonne, in der das Testaccio-Viertel röstet, zwischen diesen Gebäuden des Todes sind alle gleich. Romanos Schüchternheit ist nur eine vermeintliche, ebenso wie die Angst der zum Schlachten geführten Tiere.)

Das so erlebte Rom ist objektiv betrachtet wirklich ungut. Fünf Minuten, um die jammernden Kälbchen herunterzuzerren: Dann zeigt sich rundherum schon »das, was Rom ist«. Was Romano mit seiner Stirn, dem tiefen Haaransatz und dem verbissenen Mund eines Jungstiers allerdings gar nicht sieht. Er sieht nicht, um nicht dort zu sein. Oder um lediglich als Ding dort zu sein, wie eine in fremden Boden versetzte Pflanze, die sich blind nährt. In all der Übelkeit, die der Blutgeruch hervorruft, zeigt sich Rom bislang in der Form eines Jungen, der genauso alt ist wie Romano. Ein Junge, den die anderen ebenfalls Romano nennen. Nackt, bis auf etwas weißgestreiftes himmelblau und ein paar Blutspritzer anstelle des

Feigenblattes; eine Hülle, ein Schutz, der nur der Eleganz wegen auch unten die Beine bekleidet, bis zum wilden, zerschundenen Fuß. Auch der Kopf ist bedeckt: mit staubigen Locken. Alles andere ist nackt, ist reine Kraft: doch nicht unbewußte Kraft, wie die des ersten Romano und die der Stiere. Im Gegenteil, das Wissen dieser Kraft ist die Maske von Rom, das sich als ein *anderes* ausgibt in seiner Verachtung, Ironie und Gutmütigkeit – in seiner Grausamkeit, in der Angeberei, im »scharfen« Blick für die Situationen, im Sich-nicht-Einmischen, im Schauspiel oder in den Schmeicheleien, in der Gedankenlosigkeit, im »Alles wissen«, in der Zurückhaltung aus Ehre, im einsamen Gesang der eigenen Verfügbarkeit. Ein schläfriger Löwe in der Sonne, mit lanzenscharfen Pupillen. Boxer? Natürlich! Die Turnhalle steht den Schlachtgebäuden genau gegenüber, ein schäbiger Schuppen an der uralten Straße aus dem 17. oder dem elenden 19. Jahrhundert, die als ein Ring aus Baracken und abgebröckelten Mäuerchen den Monte dei Cocci längs des Schlachthofs umschließt. Dort kommen Roms Boxmeister her. Auf Romanos Stirn strahlt bereits der Stern des Champions.

(N.B. Der Deutlichkeit halber nennen wir den ersten Romano den Bauern und den zweiten Romano den Stutzer.)

Romano der Bauer, der die Kälbchen am Hinterteil vom Lastwagen schiebt, wird Teil der Grammatik, wird zum Subjekt[4]. Er wird in den Kreis aufgenommen. Das Gefoppe ist so subtil, so ungreifbar und glatt, so sehr von einer gewissen Zurückhaltung, von Schweigen und Geschliffenheit getragen, daß der neue Romano es gar nicht wahrnimmt und in seinem Dialog mit den Kälbchen fortfährt. Er kommt weder aus Sizilien noch aus Arabien, auch nicht aus der Toskana, sondern aus Tuscania; schwerfällig, sabinisch-schwarz; wenn er merkt, daß er verarscht wird, geht er wie ein Hund auf alles los und beißt sanft, mit der Unschuld der Starken, zu. Zwei arme Jungen in amerikanischen Hosen rollen über den festgetretenen Erdboden des Schlachthofes, der von Blut und Eingeweiden bedeckt ist, jedoch von einer Sonne, die so brennt, daß sie wie Eis alles zersetzt und ausdörrt, wieder gereinigt wird: Dieser trockene Dreck ist so leicht wie gedroschenes Stroh, wird aufgewirbelt, fliegt vor die Münder der anderen,

4 das heißt zum Opfer, zur Zielscheibe des Gespötts

die wie Wölfe aus ihren jugendlichen Kehlen johlen. Mit väterlicher Hand bringt Zenobi die beiden auseinander.

(N.B. Sein »scharfes« Auge hat in Romano dem Bauern schon einen weiteren Anwärter des Sterns erkannt. Neben dem Schweigebündnis des Kälberdelikts ein weiterer Grund, ihn unter seine Fittiche zu nehmen.)

IMMER NOCHSONNE, INITIATION, DIESJÄHRIGE MODE. Die Pflanze hat Wurzeln geschlagen. Der stinkende, von der Sonne wie von einer schrecklichen Chemikalie gereinigte Boden ist nicht der Boden Roms, sondern der von Testaccio. Zenobi bringt Romano den Bauern wie einen Hund in einer Abstellkammer der Turnhalle unter (die nicht einmal ein Fenster hat) und schleust ihn wie ein Schweizergardist ohne Ausweis in den Schlachthof ein. Abends trainiert er mit ihm wie eine Mutter, die sich nicht lange bitten läßt. Die Initiation Romanos des Bauern ins neue Leben geht schnell vonstatten. Wochen und Monate vergehen. Er verändert sich, lernt römisch und gewöhnt sich bald den bäuerlichen Tonfall ab. Er lernt die Regeln, die Zurückhaltung, das Schweigen, die Feinheiten; die schönen Übertreibungen. Er erkennt die Schönheit eines Baumwollpullis und spitz zulaufender Schuhe. Er ändert die Frisur.

Modell dieser Umwandlung ist Romano der Stutzer. Stück für Stück stellt sich Romano der Bauer neu her, indem er die alten Teile mit denen von Romano dem Stutzer austauscht. Und jeder weiß es: Zwei, die sich anfangs raufen, werden schließlich zu dicken Freunden. Zu Freunden, die sich am Ende sogar ähnlich sehen. Doch das Gesicht von Romano dem Stutzer hat einen Ausdruck, der unnachahmlich bleibt: *das gänzliche Fehlen jeden Glaubens.* Das Fehlen des Vertrauens, das die Welt ihm entgegenbringt. Die Welt, die er sieht, verdirbt ihm den Blick und wird zu einer Art Nichts. So daß auch die bemerkenswerten Box-Fortschritte von Romano dem Bauern in Romano dem Stutzer keinerlei Neid erwecken und ihn völlig kalt lassen.

DIE VORTEILE EINES HOFES IN CIAMPINO. DIE NATÜRLICHKEIT DES GELDES. Zenobi vergrößert sein Unternehmen. Er mietet irgendwo, an einem Ort, der genausogut in Tunesien liegen könnte, einen halb verfallenen Hof (in der Ferne sieht man den Flughafen Ciampino und verstreute selbstgebastelte weiße Häuschen zwischen den verdorrten Rebhügeln). Außen drapiert er ihn als Wirtshaus und drinnen, in den Kellern, richtet er einen Schlachthof ein. Das Vieh wird nun nicht mehr an Ort und Stelle abgestochen, sondern auf den Hof gebracht, wo es nicht nur geschlachtet, sondern auch gleich geviertelt und für den Transport zu den Käufer-Genossen vorbereitet wird. Als Wirt – und Kellermeister – fungiert ein hinkendes Klappergestell, ein alter Freund von Zenobi, seit eh und je an seiner Seite, der nur aus Runzeln, Rippen, Koliken und Schwielen besteht. Die beiden Romanos, so jung wie die Welt selbst, gehen auf Beutefang, schlachten und zerteilen.

Da ist einiges zu scheffeln. Wahrhaftig viel. Romano der Bauer kauft sich auf Raten eine Harley Davidson. Romano der Stutzer hingegen, und das ist der entscheidende Punkt, gibt großzügig alles aus, verschleudert, was er kriegt, unter Freunden und Nutten, als hätte er es immer schon dicke gehabt.

Sie gehen regelmäßig in die Turnhalle. Der erste trägt seine ersten Kämpfe aus, die ihm lauter Siege bringen, der zweite, der bereits so viele Siege verbuchen kann, wie er Locken auf dem Kopf hat, ist im Begriff, den Meisterschaftstitel für die Region Lazium einzustecken, doch es ist ja bekannt: Dem Erbarmungslosen fehlt es an Glauben und Hoffnung, und wer weder Glauben noch Hoffnung hat, für den gibt es keinen Sieg (doch die Siege mit Glauben vergehen, während die Siege ohne Glauben bestehen bleiben und ein ganzes Leben prägen).

NADIA UND DAS, WAS NADIA, NÄHER BESCHNUPPERT, ALLES DARSTELLT. Die Unordnung, die ja die tiefere Ordnung des Lebens ausmacht, bestimmt also das Tun und Treiben des Stutzers. Er hat ein Mädchen, das stimmt. Sie heißt Nadia, ist seine Nachbarin in der Via Zabaglia, und er kennt sie schon seit vielen Jahren. Er hält sie sich aus Bequemlichkeit, ist aber immer nur mit seinen Freunden zusammen. Die Frauen gabelt er mit einem Mietauto auf, vollgepackt mit Freunden, an den Caracalla-Thermen oder dem Viale Tiziano und tagsüber an der Ringstraße. Mit seiner Familie hat er nicht viel im Sinn. Die Mutter keift nur herum und schreit lauthals heraus, was Nadia stillschweigend zum Ausdruck bringt. Der Vater, der mit Zenobi auf der Volksschule, später bei der faschistischen Jugend war und anschließend ein Anhänger der DICAT wurde, schreibt einen anonymen Brief an die Polizeibehörde, die so vom Hof in Ciampino erfährt. Eine gute, fleischfressende Seele derselben Behörde informiert wiederum Zenobi, und der schreitet sofort zur Tat. Er schafft es, sich aus der Affäre zu ziehen, und der Hof mit dem Klappergestell wird zu dem, was er vorgibt: zu einem alten, schäbigen Wirtshaus für Greise und Dudelsackpfeifer. So kehren die beiden Romanos wieder zur Legalität und dem regulären Lohn des Schlachthofs zurück.

Romano der Bauer steht gut da, denn er hat hundert Scheinchen beiseite gelegt. Doch Romano der Stutzer ist geliefert – er hat sich zu sehr an die Zügellosigkeit gewöhnt. Bei ihm zu Hause ist die Hölle los. Eines Abends kommt es fast zur Messerstecherei mit dem Vater, woraufhin er abhaut.

Er geht zu Nadia, aber auch die schickt ihn zum Teufel. Er geht in die kleine Bar an der Pugnalata, in der vier Schnapsnasen und zwei schwindsüchtige Schurken herumhängen. Besäuft sich mit *Stock* und *Vecchia Romagna*. Zum Schlafen geht er in die Turnhalle, in den Hundeverschlag von Romano dem Bauern, der ihn aufnimmt, ohne sich groß aufzuplustern, wie es der andere an seiner Stelle sicherlich getan hätte. Das beste ist, daß einige Tage später bei der ROMANA GAS eine Begegnung zwischen Romano dem Bauern und Romano dem Stutzer stattfinden soll, ein für beide entscheidendes Match: Für den Bauern würde eine Niederlage den Verlust des Rechts, sich als wahrer Gott zu fühlen, bedeuten, für den Stutzer die Meisterschaft aufs Spiel zu setzen und sich als Gott zu diskreditieren.

Na ja, über so etwas spricht man nicht. Mit denen, die sticheln und foppen, reißt man Witze und läßt sich nichts anmerken. Ein süßer, zarter, kraftloser Mond stattet der Turnhalle einen Besuch ab, legt sich hier und dort nieder, auf den staubgeätzten Boden, auf ein Stück aufgerolltes Seil und in die Ritzen der brüchigen Türen zu den Duschkabinen. Vor dem Schlafengehen ziehen sich die beiden Rivalen drekkige kurze Hosen an, fuchteln ein wenig mit den Boxhandschuhen durch die Luft, ein Auge auf den Spiegel gerichtet, schwitzen, gehen gemeinsam in eine Duschkabine zum Pinkeln, rauchen noch eine und verziehen sich in die mondlose Kammer zum Schlafen.

Eine halbe Stunde später schläft Romano der Bauer wie ein Pferd. Während er schläft, schlägt der andere wieder die Augen auf. Eine ganze Weile liegt er mit offenen Augen da, um über die Sache nachzudenken. Dann steht er auf und beginnt, in den Taschen der Lederjacke und der Hose von Romano dem Bauern zu wühlen, doch er findet nichts. Er sucht unter dem Kopfkissen. Dort sind die 100 Mille. Er nimmt sie, schlüpft in seine amerikanische Hose und zieht den Baumwollpulli über. Er geht hinaus, um die Harley Davidson zu holen, die brav hinter der Turnhalle steht, wo sie ihr Besitzer untergebracht hat; er schiebt sie ein paar hundert Meter, den Schatten des Monte dei Cocci und die Baracken auf der einen, das Mondlicht und die Endlosigkeit des Himmels auf der anderen Seite. Dann springt er auf den Sattel und donnert unter Heidenlärm los.

ONTOLOGIE DES VERHALTENS. BIENEN. SCHIESSEREIEN. LOKALE. Er fährt immer geradeaus, überquert die Via Ostiense (mit Mond), dann den Aventin hinauf (ohne Mond), an den Caracalla-Thermen vorbei (mit Mond) bis zur Porta San Sebastiano (ohne Mond). Er trifft auf Maria Domenica, die Brillenschlange (mit Mond), lädt sie auf den Sattel und fährt mit ihr nach San Giovanni (ohne Mond), einen *Stock* zu trinken. Dann gehen sie in Termini essen (mit Mond). Dann zum Tanzen ins Pighetti, das kurz davor ist zu schließen (ohne Mond). Sie sind betrunken, ihres an der Luft (mit Mond), seines erstarrt (ohne Mond), und sie fahren nach EUR zum Luna Park (mit Mond). Gewinnen am Schießstand eine Flasche Gift, kurz bevor dieser schließt (ohne Mond); und weiter auf der Donnermaschine durch Katakomben und Baracken (mit Mond) zum Nachtclub Orti di Cesare. Luxus und Türsteher, die wie die Hunde Dreck und Elend wittern (ohne Mond), Romano kniet im Mondenschein nieder und pflastert mit Zehntausend-Lire-Scheinen die Eingangsstufen (mit Mond). Er geht mit der Biene ins Lokal und gibt alles aus (ohne Mond). Am Morgen (mit Sonne) findet man ihn halbtot, auf dem Bauch liegend in einem Busch (ohne Sonne) auf einer Müllhalde an der Acqua Santa (mit Sonne, viel Sonne).

NOCHMALS NADIA, DIE, NÄHER BESCHNUPPERT, DIE PFLICHT ALS TRAUM DES VERACHTETEN RECHTSCHAFFENEN LEBENS VERKÖRPERT. Romano der Bauer empfindet für Nadia, das Mädchen des Freundes, eine heimliche Zuneigung, die er *nur* daran bemerkt, daß sich sein Hänschen unten rührt, wenn er in ihrer Nähe ist: Doch das ist nicht gestattet.

Nadia ist es, die ihn nach der tollen Nacht des Stutzers aufsucht. Aufgrund dieses neuen Schmerzes übelgelaunt wie bei einer Erkältung, erscheint sie mit grimmiger Schnute und feindseligem Beerdigungsblick, um ihm dringlichst nahezulegen, den Stutzer nicht anzuzeigen (wer hätte je daran gedacht), ihm zu verzeihen (davon wird man auch nicht satt!), und sie versichert ihm, selbst dafür zu sorgen, daß er die 100 Mille nach und nach wiederbekäme.

Romano sagt: »Geht schon in Ordnung.«

Es ist das erste Mal, daß er mit dem Mädchen spricht, oder besser, es ist das erste Mal, daß er in Rom mit einem Mädchen spricht, das nicht Domenica die Brillenschlange oder Burgunda die Unbekannte ist. Er versichert ihr (ganz so, als würde er auf dem Dorfmarkt einen Vertrag abschließen), daß er Romano in Ruhe lassen werde. (Am nächsten Tag war sowieso das Match bei der ROMANA GAS, und da würde er es ihm schon heimzahlen und ihm vor der ganzen Schlachthofgesellschaft den Schädel einschlagen.) Sie dankt ihm mit abwesenden, leicht schwermütigen, traurigen Blicken (er steht so nah bei ihr, daß sein kleines Brüderchen unten so rege wie bei einem Pferd geworden ist: zum Glück trägt er sein Suspensorium).

DER RUHM IST NACKT. Die Entwarnungsglocken beginnen allmählich zu läuten. Ein Monat, vierzehn Tage, eine Woche, und das Leben kann wieder beginnen, die Zukunft lächelt wieder. Die Zeit der dürren Kühe ist vorüber, und es kommt wieder die der fetten. Zenobi stellt die beiden wieder ein; zwischen ihnen herrscht böses Blut. Augen, Fäuste und Hosen sind wie mit Sprengstoff geladen, es ist wie eine ansteckende Krankheit. Sie gehen wieder auf Beutezug.

Sie schuften den ganzen Tag in den Sabinerbergen, laden Kälber auf und ab, finster und geschmeidig; im Morgengrauen schlachten und vierteln sie das Vieh in einer Felsnische auf der Via Prenestina, die von einer Mauer und der Baracke verborgen ist, in der sich das Klappergestell wie ein Landstreicher niedergelassen hat. Bei hochstehender Morgensonne gehen sie schlafen; sie schlafen den ganzen Tag, und am Abend treffen sie sich im Stadion der ROMANA GAS.

Nackt vor den Kameraden und Trainern, im beißenden Rauch und dem Geruch nach nassem Stoff, denn draußen regnet es, im Lärmen der vorangegangenen Kämpfe, das in Erwartung des nächsten allmählich leiser wird. Die ganze Schlachthofjugend ist versammelt, die Häßlichen und die Schönen, die Flaumbärtigen und die Reiferen mit den ersten Silberfädchen im Haar, die Jungbrut und die alten Schlitzohren, drei, vier Familienvatersgattinnen und sonst nur Männer; der Geruch nach nassem und von Zigaretten geräuchertem Stoff, bei dem es einem ganz anders wird.

Die nackte Haut ist ihre Kleidung. Von sich selbst und den anderen wissen sie eigentlich nur, was sie in ihrem sozialen Verhalten darstellen: Das Verhalten ist die einzige üppige Pflanze eines Gartens, in dem alles andere verdorrt ist, die Liebe, die Gedanken etc. etc. Selbst die Würde ist höchstens eine Art dieses dichten und vollkommenen Baumes. Nur für einen Fremden hat diese Würde einen Geruch von Kampfer und Blut.

Im Gegensatz zur Gewalt des Kampfes, der ein Kampf zweier Feinde ist, die sich aus Gründen hassen, die nur sie selbst kennen, erfolgt der Sieg nach Punkten. Diese Punkte steckt Romano der Stutzer ein, der mit unverschämter Eleganz kämpft: Die Schlange besiegt den Stier. Sein alter Stern funkelt weiter, sein Licht überstrahlt den aufsteigenden Stern des Gegners.

SCHLACHTTAG, SCHLACHTTAGE. Freitag ist ein Fest im Schlachthof. Kühe, magere, durchsichtige Kühe, Kühe so dünn wie Sardellen, ziehen in einer Reihe vorbei, hager bis auf die Knochen, ganz friedselig, den Tod in den Augen, wie Betrunkene, die von der Morgensonne geblendet heimkehren, weiß wie Schneevögel, mit verkrustetem Kot auf den Knochen, die sich unter der seidengestrafften Haut fast hindurchbohren, seelenruhig kauend ziehen sie vorbei, als wollten sie ihre Gleichgültigkeit unter Beweis stellen, obwohl sie genau wissen, was sie erwartet. Sie ziehen vorbei wie weiße, chinesische Schatten, wie große, weiße Fledermäuse auf dem Weg zur Hölle, wobei die Sonne nie vorüberzieht, sondern schwarz wie ein Stier über dem Hügel des Testaccio steht.

Und die alten Pferde? Und die Fohlen ohne Kindheit?

Die beiden Romanos sind in einem der Todesschuppen, die Schuhspitzen über einem Rinnsal, durch das sie Blut und Gerinnsel spülen, die Hacken zwischen den noch frischen Köpfen und Hufen. Die Blut- und die Kuttelhändler, die Packer, das Lärmen, das Fest. Cochi, Zella und Guillone haben gesungen, sie haben dem Stutzer im Rausch des Festes ein Herzensliedchen ins Ohr gesungen: daß der Bauer und Nadja zusammen gesehen wurden – am Abend – beim Mondenschimmer – in Rome by night.

(Dem Stutzer ist das völlig egal. Sein Schicksal läßt keine Alternativen zu. Nadia ist passé, wie ein Schlager vom letzten Jahr, den keiner mehr, nirgends, niemals noch *wirklich* singen wird, keiner, nie und nimmer. Es gibt Herzen, die nicht zurück können. Aber was macht ein Jüngling – egal welcher –, wenn sein Mädchen – egal welches – mit einem anderen geht – egal wie? Das alles ist Teil des wirklichen Lebens, welches sich bekanntermaßen des nicht wirklichen Lebens als Vorwand bedient.)

Die beiden Romanos gehen aufeinander los, rollen über die Abflußrinnen: Im Nu sind sie von den Haarbüscheln bis zu den Sokken blutrot, zwei eng ineinander verschlungene Flammen. Die Blut- und Kotspritzer dringen bis in die geöffneten Münder, in die schönen jugendlichen Kehlen. Viehtreiber und Handlanger hetzen sie auf wie die Hunde. Der Kampf war am Vorabend nicht endgültig ausgetragen worden! Das Blut von Romano dem Stutzer an Nase, Zahnfleisch und Augenbrauen glänzt frisch auf dem bereits geronnenen Tierblut, ein Tropfen roten Blutes auf der Fahne schwarzen Blutes; ohne Handschuhe und ohne Gong schlägt der Bauer durch wie ein Kain. (Und so beginnen die Schlachttage. Romano der Stutzer neben einer Abflußrinne niedergestreckt, mit gespreizten Beinen in seinen blaugrauen, um die Hüften weißen Amihosen, die jetzt wie eine Fahne schwarzen Blutes sind. Romano der Bauer über ihm, wie ein Held, der mit Pfeilen den unschuldigen Kopf von Schläfe zu Schläfe durchbohrt hat, wie ein Bogenschütze über dem noch warmen Leib der im Tode zum Kind gewordenen Bestie.)

ANMERKUNG. Im Schlachthof ist er jetzt der Stärkere; er hat nichts Bäuerliches mehr, hat wirklich alles gelernt, was er lernen mußte. Er ist einer von Testaccio. Wie der Stutzer, das Modell für Welten, die er erobern mußte wie im Roman, ist er gewissenlos, verächtlich, zynisch, grausam, vergnügt, faul, skrupellos, witzig, ein Aas, böse. Er hat sich dem Stutzer hinzugesellt, hat ihn wiederholt und ersetzt, wie ein Sohn seinen Vater. Er spricht, wie es sich gehört, die Sprache der Macker, kann im richtigen Moment den Champion, aber auch den Bescheidenen herauskehren; er weiß gewisse Dinge ins Gespräch zu bringen, weiß aber auch über sie zu schweigen oder sie nur anzudeuten; er kann ein Scheißkerl sein, aber auch ein Mensch.

Durch seinen steilen Aufstieg als Boxer und seine Treue eines Bauernhundes ist er der Günstling Zenobis und dessen Boxvereins geworden.

Der andere Romano steigt allmählich von dem Gipfel seines Ehrgeizes wieder hinab, tieferen Ambitionen zu. *Indem er jedwede Leidenschaft verliert, entdeckt er das leidenschaftslose Leben: ein philosophisches Leben.* Adieu Meisterschaftstitel, adieu Boxen! Er verliert ein paar Kämpfe und zieht sich allmählich zurück. Sein Ziel ist ein ernsthaftes Verderben. Wie ein rechtschaffener Bürger, der irgenwann aufhört, Sport zu treiben, um sich ganz und gar seiner Karriere zu widmen, der Verbindungen knüpft und pflegt und sich definitiv einer bestimmten Art zu leben verschreibt.

Der rechtschaffene Bürger Romano der Stutzer beginnt sein »ernstes« Leben, indem er den begrenzten Horizont der Schlachtergesellschaft überschreitet; seine Verbindungen haben sich in weniger barbarische, dafür realistischere Kreise von Frauen und Männern ausgedehnt. Jugendliche anderer Viertel, alte Hasen, die es faustdick hinter den Ohren haben und nicht lange herumfaxen.

Er ist aus dem Testaccio-Viertel fortgezogen. Von Nadia hat er sich nicht einmal verabschiedet. Sein wahres Leben spielt sich mit Burgunda der Unbekannten ab.

Trotzdem hat er noch sein erstes Leben, das ihm als Alibi dient, beibehalten, er arbeitet weiterhin, zurückgezogen wie ein Engel, zusammen mit dem anderen Romano im kleinen und im großen Schlachthof.

FORTSETZUNG DER ANMERKUNG. Die Beziehung zwischen den beiden Handlangern und Zenobi & Konsorten ist *scheinbar* aufrichtig; dahinter steckt natürlich die gegenseitige Erpressung. Und die beiden, die daran gewöhnt sind, im großen Schlachthof Fleisch mitgehen zu lassen, tun dies nach Möglichkeit natürlich auch im kleinen. An Flüssigem… die Daumenkuppe, die an Zeige- und Mittelfinger reibt… fehlt es nicht, aber es reicht auch nie aus.

LIEBESGESCHICHTE. AUTORENPOESIE. Nadia und ihre Familie ziehen nach San Basilio.

Dort ist eine große, wie ein Schwimmbad glitzernde Wiese, doch das, was flimmert, ist nicht Wasser, es sind Dosen und Scherben.

Am Rand dieses Wiesenmeeres steht vor den Hügeln eine Reihe Elfenbeinhäuser.

Rechts ist eine weitere Wiese, mit gefrorenem oder sonnenerstarrtem Schaum.

Rund um diese Wiese ragen wie Fischgräten sternförmige Mietskasernen.

Wie Orgelklang entströmt ihnen der Lärm armer Leute.

Es ist ein ganz ferner Lärm, der wie ein Meer, das aus einer anderen Welt, seltsamen, leichten Abfall anspült, auf den Wiesen und grasbewachsenen Wegen einige Exemplare dieser armen Leute hinterläßt: in Mäntel gestopfte Kinder, alte, vom Abendwind durchfrorene Frauen.

Hinter diesen beiden Wiesen, auf die sich früh die Schatten senken und wo die Lichter am längsten brennen, folgen weitere Wiesen mit Mäandern weiterer Kasernen aus falschem Elfenbein für das Subproletariat, aus denen wie nostalgische Schwerter die Lichter stechen, friedlich wie kolonialstädtische Seepromenaden in einer Sommernacht.

Nadia wohnt hinter der dritten oder vierten Wiese, am Fuß eines langen Abhangs, in einem alleinstehenden Haus, das mit all seinen Lichtern wie ein vergessener Stern aussieht (die Türen führen direkt in den Schlamm).

ANMERKUNG. Jetzt, da Nadia – wenn auch nicht offiziell – frei ist, fühlt sich Romano der Bauer dazu befugt, mit ihr zu verkehren. Eines Abends verabredet er sich mit ihr am Fuß des Testaccio-Hügels, wo sie weiterhin als Hemdnäherin arbeitet und schon in aller Frühe von San Basilio hinfährt. Und sie kommt auch – bevor sie in einen der vier Busse steigt, der sie in ihr rosarotes Reich zurückbringt. Als Vorwand, diese Verabredung einzuhalten, dient die geschäftliche Beziehung, die zwischen den beiden bereits besteht. Kurzum, Nadia hat Romano gegenüber gewisse Verpflichtungen, ganz klar. Sie hat das Versprechen, ihm die hundert Mille wieder zu beschaffen, nicht halten können, und deshalb ist sie im Nachteil.

Melancholisch spazieren sie am Fuß des Monte dei Cocci entlang.

Am Abend darauf spazieren sie melancholisch über die Dosenwiese, im Schatten der fernen Berge.

Am dritten Abend wieder am Monte dei Cocci, mit seinen Pissoirs und dem Geruch nach Blut.

Am vierten Abend in San Basilio, der Supermarkt in der Ferne, der wie eine indische Perlmuschel sein zähnefletschendes Maul zur Wiese hin aufreißt, voller Luft und Stimmen.

Am fünften Abend unter den Hängen des Monte dei Cocci, in einer Ruine mit vier Pferden, die auf den Tod warten, und einem rauchenden Zigeuner.

Am sechsten Abend in Richtung Leocine an einer Häuserreihe entlang, die als Kette von rosa Lichtern in der blauen Nacht, scharf am Abhang des Schlammtals steht.

Am siebten Abend auf dem Sträßchen, das um den Monte dei Cocci führt, unter einem schönen Karnevalsmond. Doch diesmal führt Romano sein Mädchen ganz behutsam zur Turnhalle, wo er noch immer haust. Ganz behutsam, als ob beide träumten, ohne Eile führt er sie in die fensterlose Kammer: Dort schlägt sie um sich, tritt und beißt, aber es hilft alles nichts, er greift durch und beglückt sie.

Am achten Abend treten sie zusammen ins letzte Haus von San Basilio, wo Schafe blöken, die mit tränenden Augen vom Schlamm des Tals zu den perlmuttenen Lichtern hinaufschauen, und Romano hält Nadias Vater und Mutter lange Reden. Auch sie halten lange Reden, und es entsteht eine richtige Verbundenheit.

Trotz all der Demütigungen – die unglückliche Liebe zum anderen Romano –, die die Arme hart und blaß wie eine Nutte gemacht haben, ist Nadia im Grunde ihres Herzens so sanft wie diese Schäfchen, die von dort unten, Richtung Settecamìni hinaufblöken. Und Romano kehrt in den Schoß einer Familie zurück. Ein Schoß jedoch, der eine Million Lire in bar fordert, zuzüglich 8000 monatlich und eine Wohnung am Ponte Mammolo, in einem frisch gekalkten, noch unverputzten und ungedeckten Mietshaus, das Nadias Vater ausgesucht hat und worüber er mit dem bei abgeschlossenen Geschäften und verwirklichten Lebenszielen angebrachten Respekt spricht. Um die Rückkehr in den Schoß der Familie zu verwirklichen, muß also bloß diese Summe in bar aufgetrieben werden. Der Weg ist da, der Gefährte ebenso.

DIE REINHEIT. An dieser Stelle ist in den Unterlagen von Cid Burete eine Lücke, die leider bis zum Schluß reicht. Man weiß auch nicht, wo Cid Burete gelandet ist, aber alles weist darauf hin, daß ihn Franco aufgrund des Streiks der Blut- und Kuttelhändler dem Henker ausgeliefert hat. Wir kennen den Rest der Geschichte aus mündlichen Augenzeugenberichten.

Nun, anscheinend haben die beiden Genossen alleine, aus freien Stücken, eine Ladung alter Kühe in den Sabinerbergen aufgegabelt. Dazu hatten sie erst mit ein paar Tausendern dem Klappergestell das Maul stopfen müssen, das in seinem Bau zwischen der Prenestina und der Casilina dahinsiechte, zwischen der Borgata Angela und jenen Felshöhlen, wo einst Attila auf Papst Leo gewartet hatte, während er seine wunden Füße pflegte und alte nordische Weisen sang. Dann mußten sie einen Kleinlaster mieten, der an der Cestius-Pyramide mit den anderen in einer Reihe stand, grün angestrichen wie eine Umkleidekabine am Strand von Ostia: Drinnen hockten, wie zwei Perlen in einer Auster, ein gewisser Ciro Lo Coco, genannt Droga, und ein gewisser Pippo Recchiabella, genannt Spago. Es waren der Fahrer des Lasters und sein Gehilfe (der tatkräftig half, insbesondere, wenn er schlief). Und so kam es zum Verhängnis. Die Wahl des Lasters war es, die durch eine Reihe von Umständen, das heißt, durch einen einzigen Umstand, sämtliche Hoffnungen der beiden Romanos zerschlug.

Die vier Kumpel befanden sich auf dem Rückweg von den Sabinerbergen, den Laster voller Kühe, die Gesichter schon in den frischen Farben des noch fernen Morgens, als – »puff« – ein Vorderreifen platzte und der Laster mit der Schnauze an ein Schild stieß, auf dem »Borgo Ciufega« oder »Borgo vom verkniffenen Hunger« oder sonstwas stand. Ausgerechnet dort mußten sie landen. Mit all den Bullen, die dort nachts zwischen der Via Casilina und der Via Prenestina herumkurvten, ausgerechnet dort, neben einem Feld, wo beim Gesang der Lerchen gestohlene Autos zerlegt und ausgeschlachtet werden. Und dort meinten dann Droga und Spago recht nervös, die beiden sollten Leine ziehen, abhauen, verduften, sie alleine lassen, sollen ihre Rindviecher mitnehmen, denn, verdammt, sonst würden sie auch mit drinnenstecken etc. etc. Zur Höhle des Klappergestells waren es noch fünf oder sechs Kilometer. Der Bauer und der Stutzer machten sich auf die Socken und trieben ihre Kühe mit wuchtigen

Stockhieben auf die Hinterteile über Feldwege, Pfade und Ackerfurchen: Vor ihnen, in der Dunkelheit, wogte ein ganzes Meer von Hinterteilen, wie ein Schwarm weißer Schmetterlinge, wie vom Nachtwind gebauschtes Leinen. Aber man weiß ja, daß Kühe einen schwachen Darm haben, daß sie immerzu kacken! Wer hätte sie davon abhalten können? Ständig öffneten sie dieses Ding unterm Schwanz, diese verfluchten Viecher, machten es breit wie einen Eimer, und blaff, blaff, kam es heraus, wie aus einem Handschuh mit blutroter Borte, blaff, blaff, diese Drecksfotzen, bald die eine, bald die andere, hinterließen sie alle ihre Visitenkarten auf der Wiese.

Eine knappe halbe Stunde – waren die Bullen auch schon da, man hatte sich ja schon so sehr nach ihnen gesehnt; sie hielten neben dem Laster mit der eingedrückten Schnauze auf der Via Prenestina. Aus dem Elfhunderter stieg ein Brigadiere, einer von den ganz Sensiblen. So wie er aussah, war er auf einem Hühnerhof, zwischen Hacken und Futterstampfer aufgewachsen. Vielleicht aus Heimweh erspähte er sogleich das erste Zeichen der ersten Kuh auf der Wiese hinter dem Straßengraben. Er verharrte eine Weile mit der Nase über diesem Indiz, überlegte ein bißchen und kam zu dem Schluß, daß sich weiter vorne noch weitere befinden müßten: Und so schritt er vornübergebeugt über die Wiese, und tatsächlich, kurz darauf entdeckte er es: da! Von seiner kleinen Kompanie gefolgt, verschwand er in der Nacht.

Die inzwischen von etwas Entsetzlichem beeinträchtigt war: Wie ein riesiges, geheimnisvolles Heer, das auf einmal vor den erschrockenen Nachtwachen auftaucht, schob sich mit jungfräulicher Gewalt das Morgengrauen über die Berge, und ein wundervoller Gestank, von einem Windchen getragen, das seine Richtung geändert hatte, deutete es darauf hin, daß etwas Seltsames im Gange war: Bald würden die mit Rüben und Artischocken beladenen Lastwagen auf ihrem Weg vom Süden zum Großmarkt merken müssen, daß sie nicht die einzigen auf der Via Prenestina und der Casilina sind.

Der Bauer und der Stutzer waren wohl zur Einsicht gekommen, daß ein Insistieren ungünstig sei. Jeder von uns, der noch nie gestohlen hat und nicht weiß, wie man das Schwarzschlachten anfängt, hätte vermutlich, mit dem Verstand und der Erfahrung, die man sonst nur den Eingeweihten zuschreibt, kapiert, daß es absurd war, dort zu bleiben und ein Unternehmen, das eine so schlechte

Wende genommen hat, zu Ende zu führen. Im andächtigen Gesicht des Klappergestells stand wie in einem Buch das ganze Los geschrieben: das verhängnisvolle Morgengrauen, die erste böse Sonne, die Polypen, Verhaftung oder versuchte Flucht, vielleicht gar eine Schießerei. Aber wir sind bürgerlich. Deshalb herrscht in uns ein Gefühl der Vorsicht, die Sorge um unsere Gesundheit, die Fähigkeit, auf morgen zu verschieben, was heute nicht zu besorgen ist, Respekt vor allem, was dem Leben Halt gibt und es regelt, vor der öffentlichen Meinung und dem gesunden Menschenverstand. Unsere Existenz ist wie eine Seite Prosa: Die Risse, das Poetische, welches die teuflische und hinterhältige Berechnung der Grammatik umstößt, entsteht ohne unser Wissen, und dann arbeiten wir, stikken jahrelang daran herum und machen alles vor unseren Freunden zu einer Riesensache. Auch die Revolutionärsten unter uns wurden konservativ geboren, und im Grunde vergessen wir nie, was unsere unschuldig bürgerliche Mutter uns als Kind beigebracht hat: Respekt vor einer Welt, die uns gehört, folglich den Sinn für Sparsamkeit, das Pflichtgefühl, das Wissen und besonders die Überzeugung, daß das Leben lang und sicher ist. Doch Romano der Bauer und Romano der Stutzer waren wie törichte Vögel, die morgens erwachen und noch ganz benommen, glücklich und frei von der Angst vor Jägern oder anderen Gefahren frohgemut ihren Gesang anstimmen und sich zum Flug erheben.

(1956–1965)

Ballade von Stalins Mutter

Mein Sohn, ich, die ich unschuldig war,
gab dir die Liebe zur Schuld.
Aus der Taube ward der Fuchs geboren,
der nachts kommt, um den armen Leuten
das Vieh zu reißen.
In den Jahrhunderten, in denen wir Diener sind,
macht die Unschuld die Eltern
noch mehr als die eigenen Kinder zu Kindern:
Unreif bewahren sie die Liebe ihrer Herren.
Nicht Geschichte ist die Unschuld der Diener.

Mein Sohn, ich, die ich milde war,
gab dir die Liebe zum Groll.
Aus dem kleinen Stern ward die Sonne geboren,
die den feindlichen Boden des armen
Arbeitervolkes verbrennt.
Milde ist in uns Dienern nur Angst:
Wir suchen nichts als die Achtung
des Herren, und so ist
unsrer Natur erste Christenpflicht,
geschmäht und unterdrückt zu werden.

Mein Sohn, ich, die ich demütig war,
gab dir die Liebe zur Macht.
Aus der Zwiebel ward der Honig geboren,
der die federlosen Jungen lockt,
die letztgeborenen unseres Elends.
Demut ist in uns Dienern der Gehorsam
durch Willen des Besitzers:
Alles was er ist, erscheint dem gewaltig,
der nichts besitzt als ein nacktes
Untertanenherz in seiner Brust.

Mein Sohn, ich, die ich ehrlich war,
gab dir die Liebe zum Verrat.
Aus dem Wölkchen ward der Wind geboren,
der unbemerkt den Wald angreift,
Tod und Zerstörung mit sich bringt.
Ehrlichkeit ist für die Diener ein Kampf
mit sich selbst, um nicht auf dem Scheiterhaufen zu enden.
Lohn für ihr gutes Betragen
ist der Segen einer korrupten Hand
im himmelblauen Dunst des Weihrauchkessels.

Mein Sohn, ich, die ich nur Leben war,
gab dir die Liebe zum Tod.
Aus der Frühgeschichte ward das Los geboren,
durch das die Geschichte, erfüllt von
der Wut aufständischer Massen, zerrüttet wird.
Denn das nackte Leben von uns Sklaven
ist eine herrschaftslose Macht:
Quell unvorhersehbaren Schicksals,
hast du sie an meiner Brust getrunken,
Milch der Helden- und der Greueltaten.

Mein Sohn, wieviele Mütter der Welt
gebären Söhne wie dich,
in Asien, Europa, in Afrika, der Erde
der Sklaven, der Räuber und Diebe,
die heimlich »von einer Sache träumen«.
Mütter, welche die Schuld der Unschuld tragen,
der Milde Groll, der Macht Demut,
der Ehrlichkeit Verrat: deren Leben
todesdurstig macht: man muß es kennen,
Bewußtsein oder Mitleid reichen nicht.

(1961–1962)

Der Weichkäse

1

Der Ärmste ist häßlich wie ein Affe. Er trägt eine weiße Tunika und die Amtskette.

Mit seinem Schimpansengesicht im Gegenlicht wartet der Komparse, der den guten Schächer spielt, gelassen, seinen Gedanken nachhängend... Ach ja, das Leben!

Verflucht noch mal! Geduld und nochmals Geduld!

Dann dreht er sich im Staub auf dem dreckigen Gras etwas zur Seite, greift sich unter die Achsel, zieht ein Fieberthermometer hervor und beäugt es gegen das Licht.

STIMME GIANDUJAS *(von fern)*, Heh, Strá, hast du Fieber?

Stracci zwinkert ihm treuherzig zu.

STRACCI Sieben Striche! Kein Wunder! Hab die Nacht vor der Haustür geschlafen, der Müllmann hat mich geweckt!

Und da erscheint Gianduja, schwarz, mit der kleinen Kappe, vor dem Kalvarienberg.

GIANDUJA Dann ißt du heut wohl nichts!

Stracci – den etwas erschlafften bösen Schächer im Rücken, der gähnt und dabei seine wilden Hyänenzähne bleckt – hebt entrüstet die Arme gen Himmel.

STRACCI Ich und nicht essen? Von wegen! Halt deine Futtertüte bloß gut fest, sonst freß ich dir die auch noch weg!

GIANDUJA *(kneift die Augen zusammen)* Was hast du gesagt?

Er nähert sich ihm inmitten der auf dem Gipfel des Kalvarienbergs aufgehäuften Requisiten und gibt ihm einen Tritt in den Hintern.

STRACCI Au! Apropos Futtertüten... Heut kommt auch noch meine Frau mit 'nem ganzen Kinderpack zum Essen her... welcher Heilige soll mir da noch helfen!

Man sieht eine Gruppe Heiliger, die Apostel in weißen Tuniken und Heiligenscheinen auf den Köpfen, alte herausgeputzte Komparsen, vom Fasten gezeichnet. Unter ihnen auch die Darstellerin der

Magdalena, eine mit 'ner ganz langen Mähne, halbnackt, die einen kleinen Hund, einen reinrassigen, knutscht und abküßt.
Einer der Heiligen hat Straccis verzweifelte Rede gehört und erwidert ihm mit der gutturalen Honigstimme eines saftlosen Alten:

HEILIGER Schweig, sonst exkommunizier ich dich!

Unter schmeichelndem Getue kommt er herbei, um ebenfalls das Rassehündchen auf Magdalenas Schoß zu streicheln.
Der Regisseur ist dort.
Mitten auf einem leergeräumten Fleck sitzt er auf einem Strandstuhl, ganz versunken in seine erhabenen Gedanken (»Der junge Film«, »Antonioni«, etc.) Dann reißt er sich aus seiner Meditation und murmelt leise, fast gequält:

REGISSEUR Die Krone.

Wie ein Stein, der in stehendes Wasser fällt, zieht dieses Wort seine Kreise: »Krone« hier, »Krone« dort. Als erster schreit ein schwarzbehaarter Handlanger nach der Krone, dann der Regieassistent, ein verschrobener Mickerling mit einer Schirmmütze, dann ein Typ in kurzen Hosen, dann noch einer und noch einer und noch einer.

LEUTE AUS DEM TEAM Die Krone!
Die Krone!
Die Krone!
Die Krone!

Da ist die Krone in Nahaufnahme, zwei prankenähnliche Hände heben sie von hinter einer Kiste vom Boden auf. Es ist die Dornenkrone Christi.

2

Zack – schlagartig haben wir in seinen vollen Farben, den Farben, die einen mitten ins Herz treffen, Pontormos Bild »Christus mit der Dornenkrone« vor Augen: den Hintergrund im Grün des Wassers eines Sumpfweihers, die blutroten Lendentücher, die an den stämmigen Hüften der blonden Krieger flattern. Mitten unter ihnen Christus, schmerzgezeichnet, mit weit geöffneten, zu Boden gerichteten Augen, der dies über sich ergehen läßt; er läßt sich die Dornenkrone aufsetzen, läßt sich schmähen und geißeln.

REGISSEUR (*aus dem Off*) Kamera ab!

KLAPPENMANN (*aus dem Off*) Sechshundertneunzehn, Dreiundzwanzigste!

REGISSEUR Los!

Vor diesem flüssigen Glanz von Farben, diesen blonden Lenden, diesen Brustkörben im Rot welker Erdbeeren, folgen nun drei oder viermal die Sechshundertneunzehn, Fünfundzwanzigste, die Sechshundertneunzehn, Sechsundzwanzigste.

Bis der Regisseur mit einem verächtlichen Schnauben fast grob sagt:

REGISSEUR (*aus dem Off*) Gut!

3

Am Fuß des Kalvarienberges nähert sich Straccis Frau mit sieben Kindern, die ihr am Rockzipfel hängen.

Der älteste: ein sechzehnjähriger Kerl mit schwarzen Haaren, einer Hakennase und weißen Muschelzähnen, schön wie ein milchbärtiger Straßenräuber aus dem Latium vor dreihundert Jahren. Der zweite: ein vierzehnjähriger Knilch, die Haut so glatt wie die eines Japaners, auch er schwarz, mit bedrohlich ausgeprägtem Hinterkopf. Die restlichen Kinder noch ohne Ausdruck, bis hin zum letzten, das gestillt wird.

Zwischen den Grotten am Fuß des Kalvarienbergs, im Schatten der Stauden im Mittagslicht kommen sie ausgehungert durch das Gebüsch an der Acqua Santa näher.

SIGNORA STRACCI Giová, hast du 'ne Tüte erwischt?

Stracci reicht ihr – vor diesem Hintergrund des Furioso – gequält aber glücklich eine Tüte:

STRACCI Da.

SIGNORA STRACCI Und du?

STRACCI Ich find schon was...

Er dreht sich um und verschwindet in dem kargen Wäldchen.

Familie Stracci hockt sich um die Tüte, um zu futtern.

Signora Stracci macht von allem sieben Teile.

Ham, ham, ham, unschuldige, kauende Mäuler.

Schwenk vom kargen Wäldchen am Fuß des Kalvarienbergs. Nah-

aufnahme des Heiligenscheins, der Tunika, etc: der Heilige nähert sich aufgeregten Schrittes.
Er nimmt den ältesten Stracci ins Visier und betrachtet ihn mit finsterem Blick. Dann macht er ihm schmachtend ein Zeichen mit dem Kopf, wie ein Hauch, und verschwindet in den Büschen, zwischen gleißenden Lichtstrahlen, am Ort voller Frieden.
Der älterste Stracci, der langhaarige Straßenräuber, blickt ihm nach und folgt ihm.

SIGNORA STRACCI Wo gehst du 'n hin?

JUNGER STRACCI Hab zu tun.

Und auch er verschwindet zwischen den zarten Stämmen im Mittagsfrieden.
Ham, ham, ham, unschuldige, kauende Mäuler und der zweite der Stracci, diese Geisha in dreckigen Bluejeans, erhebt sich und folgt der Spur des Bruders.

KLEINER STRACCI Hab auch zu tun, Ma'.

Inmitten der Büsche geht ein weiterer Apostel mit zwei Soldatenjünglingen des Pontormo an den Fersen.
Aufnahme des Wäldchens, während weiter unten, am Fuß des Kalvarienbergs eine Musikkapelle mit hinreißendem Schwung »Sempre libera degg'io« spielt.
Währenddessen nähert sich Stracci – sein Magen hängt ihm in den Kniekehlen – dem Lastwagen, wo die Tüten verteilt werden; dort steht eine lange Schlange schwitzender Leute, zwischen denen man fast ersticken muß.

CHEF DER ELEKTRIK Hast Hunger, was, Strá?

Stracci schaut ihn an und entfernt sich singend, zwischen den essenden Komparsen den zerrupften Hügel hinunter.

STRACCI Ich will nach Terracina reisen, um im flachen Land zu speisen, 'n ganzes Kalb will ich dort verzehren und 'n Schaf, ohne es zu scheren.

Er geht weiter, noch immer verbissen singend.
Doch Himmel! Da... neben einem Wohnwagen – im Detail – eine große blonde Perücke und ein altgriechisches Damengewand...
Stracci schaut verdutzt (mit scharfem Blick, gegen das gleißende Mittagslicht). Ja, Stracci, was nun, was sagt dir dein Hirn?
Jetzt in rasender Bildfolge, wie in Dick-und-Doof-Filmen: Zack, zack, zack...

Stracci stürzt sich auf das Gewand und die Perücke. Vier, fünf, sechs hastige Bewegungen... und, geschafft.
Die Geschwindigkeit der Bildfolge ist wieder normal, während sich Stracci in der glühenden Mittagssonne seelenruhig, ganz langsam, durch liegengelassene Requisiten, Holzplatten, Gleise und Gerüstteile hindurch der Menschenschlange nähert, wo er sich hinten – als Komparsin unter den Komparsinnen – anstellt und geduldig darauf wartet, an die Reihe zu kommen, um sich eine Tüte zu ergattern.
Er ist dran, streckt eine Hand aus.

TÜTENVERTEILER (*mustert Stracci*) Weiß nicht! Siehst aus wie mein Großvater!

Schlagartig wird die Bildfolge wieder schneller und...
Zack, zack, zack, eilt Stracci denselben Weg zurück, vier, fünf hastige Bewegungen, und versteckt die Tüte unter einem Haufen von Holzlatten.
Zack, zack, zack, er legt Perücke und Gewand an ihren Platz zurück, zieht sich wieder seine Lumpen an und bewegt sich langsamen Schrittes zum Versteck der Tüte.
Das Leben zeigt sich von seiner besten Seite.
Doch da kommen, von einem Windstoß angetrieben, zwischen den Holzlatten eine Tüte, eine Papierserviette, ein Plastikbecher hervorgerollt...
Und dort steht Magdalenas Hündchen, das gerade die letzten Knöchelchen verschlingt.

STRACCI (*mit einem verzweifelten Schrei*) Was machst du da, du Mistvieh! Gib meine Tüte her!

Er stürzt sich auf das Tier.

STRACCI Gib mein Mittagessen her, hörst du!

Der Hund wehrt sich und Stracci packt ihn im Genick.

STRACCI Ich dreh' dir die Gurgel um... dreckiger Dieb, du Sauvieh...

Doch dann gewinnt er die Beherrschung wieder, verdammt! wird wieder zu einem Menschen und läßt von ihm ab.
Er setzt sich hin und blickt verzweifelt, mit Tränen in den Augen, seinen Feind an.

STRACCI Find'st du das etwa schön, was du da gemacht hast, hm?

Er wischt sich verbittert die Tränen ab.

4

Cipolla und Capogna, zwei Schwarzarbeiter aus dem Team, verkrätzt und gemästet wie in Buchenwald, tanzen zwischen Schallschirmen und Stativen Twist.
Ihre Gesichter wie zwei furchterregende Spardosen, prall von blöder Gesundheit, zwei Reklamefiguren der Scarperia. Die Hintern hinausgestreckt wie Neger tanzen sie orgiastisch, ohne zu reden.
Es ist Pause!
Einen Journalisten vom »Tegliesera« hat es in dieses äquatoriale Lager verschlagen.
Ein knapp zwei Meter großer Esel, der ständig seinen Mund aufreißt wie ein Backrohr und schüchtern lacht, um seine Wildheit zu verbergen.
Er blickt sich um.
Da ist er, der »metteur en scène«; er sitzt einsam wie Capaneo auf seinem Strandstuhl da, sinnt nach, tief ins Bewußtsein der Kunst eingedrungen, ganz Geist und Beklemmung: Er ißt nicht.
Der Journalist nähert sich ihm mit einem Gesicht, das aussieht wie ein Stück in Milch getunktes Brot, und hebt einen Finger, wie ein Kind, das die Mutter um Marmelade bittet, oder ein Strichmädchen, das vom Kunden noch ein Trinkgeld will.

TEGLIESERA Gestatten Sie?

Der Regisseur bemerkt ihn, reagiert kühl.

TEGLIESERA Ich bin Gianluigi, vom »Tegliesera«.

REGISSEUR (*frostig, bringt kaum die Lippen auseinander*) Bitte, bitte.

Tegliesera reißt überfreundlich den Mund auf.

TEGLIESERA (*triefend vor Lächeln*) Ich hätte gern ein kleines Interview mit Ihnen, gestatten Sie?

REGISSEUR (*blickt ihn abwesend an*) Aber nicht mehr als vier Fragen.

Tegliesera grinst immer breiter, devot, als heische er nach Mitleid.

TEGLIESERA Haaaaaa! ... Viielendank, Viielendank! Die erste wäre: Was wollen Sie mit diesem Ihrem neuen Werk zum Ausdruck bringen?

Der Regisseur senkt die Augenlider, konzentriert sich. Während er sie wieder hebt, sagt er trocken:

REGISSEUR Meinen tiefen, innerlichen, archaischen Katholizismus.

TEGLIESERA (*nachdem er sich unter einem Grunzen gieriger Genugtuung in sein Büchlein Notizen gemacht hat*) Und... und wie denken Sie über die italienische Gesellschaft?

Leise aber mit eisiger Sicherheit:

REGISSEUR Das analphabetischste Volk und die dümmste Bourgeoisie Europas.

TEGLIESERA (*w. o.*) Und... wie denken Sie über den Tod?

REGISSEUR (*fährt hoch, wenngleich noch immer mit müdem, gelangweiltem Blick*) Als Marxist ziehe ich ihn nicht in Betracht.

TEGLIESERA (*w. o.*) Vierte und letzte Frage: Was halten Sie... von unserem großen Federico Fellini?

REGISSEUR (*inspiriert*) Er tanzt! ...

Er denkt noch etwas darüber nach, ganz versunken, konzentriert, findet aber kein besseres als dieses rätselhafte Schlußwort und wiederholt:

REGISSEUR Er tanzt!

TEGLIESERA (*verschämt, voller Bewunderung*) Haaaa... Tanke, Viielendank... sehr schön, auf Wiedersehen...

Er dreht sich mit einer Verbeugung um, wie ein Lakai am Hof des Sonnenkönigs oder wie ein Gefreiter des Arbeitskommandos vor seinem Vorgesetzten – als der Regisseur aus seinen Träumen erwacht und ihn zurückruft:

REGISSEUR Heh!

Tegliesera dreht sich wie vom Blitz getroffen um.

Der Regisseur greift nach einem Buch, das neben ihm liegt, blättert gelangweilt darin und liest mit rauher Stimme:

REGISSEUR Ich bin eine Macht aus vergangenen Zeiten...

Er hebt den Kopf und blickt seinen verdutzten Gesprächspartner wie ein Kurzsichtiger oder als blende ihn eine grelle Sonne, an.

REGISSEUR (*schüchtern erklärend*) Es ist ein Gedicht. Im ersten Teil beschreibt der Dichter gewisse antike Ruinen, deren »Stil und Geschichte« keiner mehr begreift (*er lacht vor sich hin, wer weiß weshalb*)... und gewisse schreckliche moderne Bauten, die hingegen jeder versteht (*lacht nochmals*). Und genau so beginnt er (*liest erneut*):

Ich bin eine Macht aus vergangenen Zeiten.

Nur in der Tradition liegt meine Liebe.
Ich komme von den Ruinen, den Altartafeln, den Kirchen,
von den verlassenen Dörfern des Apennin und der Voralpen,
wo die Brüder einst lebten.
Wie ein Narr irre ich über die Tuscolana,
die Via Appia entlang, wie ein Hund ohne Herr.
Oder ich schaue die Dämmerungen, die Morgen
über Rom, über der Ciociaria, über der Welt,
wie die ersten Szenen der Nachgeschichte,
deren Zeuge ich bin, dank des Datums meiner Geburt,
vom äußersten Rand einer begrabenen Zeit.
Ein Ungeheuer ist, wer aus dem Leib
einer toten Mutter geboren.
Und ich, erwachsener Fötus, irre,
moderner als die modernsten,
um Brüder zu suchen, die nicht mehr sind.

Er hebt den Blick auf Tegliesera, der in respektvolles Staunen versunken ist.

REGISSEUR Haben Sie was verstanden?

TEGLIESERA Naja!

REGISSEUR Schreiben Sie, schreiben Sie, was ich Ihnen sage: Sie haben überhaupt nichts verstanden, weil Sie ein mediokrer Mensch sind. Stimmt's nicht?

TEGLIESERA Naja, ja...

REGISSEUR (*triumphierend, mit schüchterner Verachtung*) Und Sie sind stolz darauf! Stolz, ein mediokrer Mensch zu sein! Ein Massenmensch. So wollen es Ihre Vorgesetzten. Aber wissen Sie eigentlich, was ein mediokrer Mensch ist? Er ist ein Ungeheuer. Ein gefährlicher Verbrecher. Ein Konformist! Kolonialist! Rassist! Sklavenhalter!

TEGLIESERA (*notierend*) Aha, aha, aha!

REGISSEUR Sind Sie herzkrank?

TEGLIESERA Nein, nein, Gott bewahre!

REGISSEUR Schade, denn wenn Sie hier vor mir verenden würden, das wäre ein Knüller für meinen Film. Sie existieren sowieso nicht. Das Kapital betrachtet die Arbeitskraft als nichtexistent, es sei denn, sie dient der Produktion. Und der Produzent meines Films ist auch der Besitzer Ihrer Zeitung! ... Adieu!

Der Journalist bleibt wie begossen stehen. Er weiß nicht, ob das Interview abgeschlossen ist oder nicht.
Doch der Regisseur kehrt ihm endgültig den Rücken zu. Mit einem letzten devoten Lächeln, das an seinem Mund klebt, entfernt sich der Journalist schließlich tolpatschig durch die Stammesbrüder des Films, die hingefläzt dort lagern.
So stößt er auf Stracci.
Stracci, der verbittert auf einer Kiste sitzt, hinter ihm die Hyänenzähne des bösen Schächers.
Der Hund sitzt nichtsahnend vor ihm.

TEGLIESERA Ohhhh... (*sabbert beim Lachen*) Was für ein schönes Hündchen... Was für eine Rasse ist das denn?

Stracci wirft ihm aus dem Abgrund seines Hungers einen Blick zu.

TEGLIESERA Wie heißt er denn?

STRACCI (*mürrisch*) Er heißt Mistvieh.

TEGLIESERA (*streichelt das Hündchen*) Du bist aber niedlich, hm? Er schaut, als wolle er sprechen? Du Süßer, mmmmh, mmh!

STRACCI (*hat einen Einfall*) Gefällt er dir?

TEGLIESERA Ja sehr...

STRACCI Willst du 'n Geschäft machen?

Er schaut sich etwas unsicher um.
Dort unten sitzen ganz friedlich die Heiligen, unter ihnen Magdalena, und essen, die Tüten zwischen den Beinen.

TEGLIESERA Was für ein Geschäft?

STRACCI Ich verkauf ihn dir.

TEGLIESERA Ah... Aber ich hab wenig Geld bei mir... Ich könnte dir einen Scheck geben...

STRACCI Tausend Lire, was ist das schon! Gib mir tausend Lire und wir sind quitt.

Blödsinnige Freude erhellt das Gesicht des Getürkten. Er ist dabei. Wäre ja noch schöner. Zack-zack und die Sache ist geritzt.

TEGLIESERA Tausend Lire... Da, nimm!

Er reicht sie ihm hin.
Stracci grapscht sich den Schein, und schnell (wie im Stummfilm) springt er auf die Beine, das strahlende Hyänenlächeln des bösen Schächers im Rücken.
Ssst.... runter zum Fuß des Kalvarienbergs.

Ssst..., durch die Einöde der Grotten und Büsche, hinauf und hinunter über die Erdhügel der Acqua Santa.
Ssst..., mit Volldampf durch einen weißen Steinbruch, der, mit seinen angenagten, gezackten Wänden aussieht wie ein Beinhaus, wie aus einem Maciste-Film.
Ssst..., schnurstracks auf die Via Appia Nuova bis zu einer Tankstelle neben der der Stand eines Ricotta-Verkäufers steht. Die Geschwindigkeit der Bildfolge wird allmählich wieder normal. Das Ziel ist erreicht.

STRACCI Heh, Ricottaro, zum Teufel, gib mir den ganzen Rest.

Es gibt an dem Stand in der Tat nur noch vier oder fünf kleine Weichkäse.
Wie ein Verrückter packt Stracci alle, zahlt, preßt sie sich inbrünstig an die Brust und rennt wieder los.
Ssst, wieder in schneller Bildfolge, glücklich durch die Via Appia.
Ssst, nochmal, strahlend über die Erdhügel.
Ssst, nochmal, hingerissen über den Fuß des Kalvarienbergs entlang.
Wieder ist das Ziel erreicht, die Bildfolge verlangsamt sich und mit einem glücklichen Seufzer schickt sich Stracci an, den Käse zu essen als...
wie ein Windstoß, durch Holzlatten und Stative, Schallschirme und Scheinwerfer, ein von Mund zu Mund, von Kehlkopf zu Kehlkopf, von Gurgel zu Gurgel weitergegebener Schrei heranweht:

GESICHTER DES TEAMS Der gute Schächer!
Der gute Schächer!
Der gute Schächer!
Der gute Schächer!

Stracci springt auf, packt den Käse zusammen, versteckt ihn und läuft hin.

STRACCI Da bin ich!

Wir befinden uns auf dem Gipfel des Kalvarienbergs, wo sich das gesamte Team um den Regisseur geschart hat.

REGISSEUR Nagelt sie ans Kreuz.

Christus und der böse Schächer stehen bereits neben ihren Kreuzen. Stracci legt sich aufs Kreuz und die Neger des Teams beginnen, ihn zu kreuzigen. Während sie ihn festbinden, hänseln sie ihn ein bißchen.

1. NEGER Hast du was gegessen?

STRACCI Was fällt dir eigentlich ein, so was fragt man nicht!

2. NEGER Heh du, da...

Er reicht ihm ein Schinkenbrot.

Stracci ist schon festgebunden und kann es nicht nehmen, obwohl er den Hals streckt wie ein zerquetschter Regenwurm. Da hält ihm der andere Idiot das Brot unter die Nase, als wolle er ihn füttern.

Stracci, gutgläubig, öffnet den Mund, ham, um einen Bissen zu machen, aber der andere zieht es weg...

...und ißt es genüßlich selbst.

Ein anderer Neger tut dasselbe mit einer Limonade.

Schließlich sagt ein weiterer:

4. NEGER Heh, Magdalena, komm mal her!

Magdalena steht keck zwischen den Heiligen. Sie hört ihn und nähert sich mit dem Gefolge.

Der vierte Neger sagt ihr etwas ins Ohr. Sie wehrt ab. Er sagt, doch, los! Sie wehrt wieder ab. Er: Los komm, sei nicht blöd!

Schließlich macht Magdalena mit und beginnt vor dem gekreuzigten Stracci ganz langsam einen Striptease. Erst einen Schleier, dann den Umhang etc. Nun, jetzt muß der Leser ein bißchen seine Phantasie anstrengen, um sich das ganze Getue selbst auszumalen...

REGISSEUR (*verträumt*) Sind die Gekreuzigten fertig?

Er wendet sich seinem Assistenten zu, der zwischen zwei manieristischen Engeln steht. Er reckt den Hals nach ihm und flüstert ihm vertraulich, zunehmend nachdenklich ins Ohr.

REGISSEUR Hier möchte ich den alten Duvuvier zitieren, erinnern Sie sich?

Er schaut verzückt zum Gipfel des Kalvarienbergs und sieht mit dem geistigen Auge ein Bild, das er andächtig beschreibt:

REGISSEUR Die drei Kreuze im Gegenlicht... und dahinter, schnell vorbeiziehende schwarze Wolken, in beschleunigten Einzelbildern... wie in einem Sturm... schwindelerregend... ein optischer Effekt, durch den der Eindruck entsteht, daß die Kreuze in die Gegenrichtung fliegen...

Mit einer Bewegung deutet er die Wolken an, mit einer anderen die Kreuze. Mit der Hand, die die Wolken darstellen soll, macht er hinten schnelle Bewegungen, während er die Hand, die für die Kreuze steht, vorne stillhält.

Dann klatscht er in die Hände.
Sogleich werden die drei Kreuze auf die Buckel einer Schar kräftiger Männer gehievt, die sie dann durch das Gewirr der Techniker zum Gipfel des Kalvarienbergs tragen und dort niederlegen.
Die drei Kreuze und Detailaufnahmen der Kreuzträger und der Gekreuzigten werden abwechselnd eingeblendet. Kaum sind die Gekreuzigten oben angekommen, nähert sich der Regieassistent und flüstert seinem Chef vertraulich aber respektvoll eine erinnernde Bemerkung zu.

REGISSEUR (*mit weltmännischem Schmerz*) Stimmt... Das hab ich vergessen.

Entmutigt klatscht er in die Hände und gebietet:

REGISSEUR Weg mit den Kreuzen!

Übliches Echo:

MITGLIEDER DES TEAMS Weg mit den Kreuzen!
Weg mit den Kreuzen!
Weg mit den Kreuzen!

REGISSEUR Laßt sie festgebunden!

Wieder die Kreuze auf die Buckel, die Träger steigen den Hang hinab, den sie so kühn erklommen hatten.
(Wieder werden die drei Kreuze und Detailaufnahmen der Kreuzträger und der Gekreuzigten abwechselnd eingeblendet.)
Da sie im »Zitat des alten Duvuvier« vonnöten sind, werden die Kreuze auf den Boden gelegt.

STRACCI (*halbtot vor Hunger, die Arme am Kreuz festgebunden*) Ich hab Hunger, verdammt, ich hab Hunger! Jetzt fang ich gleich an zu fluchen!

CHRISTUS Na, das versuch mal! Dann verpaß ich dir 'ne Tracht Prügel.

STRACCI Du bist 'n feiner Christus! Sag mal, hab ich vielleicht keinen Grund zu schimpfen.

CHRISTUS Mach nur, mach, aber merk dir, ich nehm dich nicht mit ins Himmelreich.

STRACCI Mir könnts so gut gehn im Erdenreich!

CHRISTUS Bestimmt, bei deinem Hunger!

STRACCI Tja, man muß darben, muß viel Geduld haben auf dieser Erde, wußtest du das nicht? Der eine kommt zum Tanzen auf die Welt, und der andre zum Singen...

CHRISTUS Und 'n andrer zum Einsacken! Ist doch alles beschissen! Obwohl deine Partei regiert!
STRACCI Pff, und du glaubst, deine wär' besser! Die sind doch alle gleich!
CHRISTUS Was soll das? Ich kapier dich nicht: bist immer halbtot vor Hunger aber stellst dich hinter die feinen Leute, die dich verhungern lassen!
STRACCI Jeder hat seine Berufung. Meine wird halt die sein, zu verhungern!

6

Zack, Schnitt – nochmals in Farbe die »Kreuzabnahme« des Pontormo. Farben, die einem mitten ins Herz strahlen. Farben? Kann man das noch Farben nennen...
Ich weiß nicht... Wenn ihr Klatschmohn nehmt, der bei Friedhofshitze im Sonnenlicht eines melancholischen Nachmittags gelegen hat, wenn alles schweigt (»denn nie sang eine Frau um drei Uhr Mittags«) – wenn ihr diese Blüten zerstampft, so dringt aus ihnen ein Saft, der sogleich trocknet; näßt ihn ein wenig und verteilt ihn auf einem weißen Leintuch, und sagt einem Kind, es möge mit einem nassen Finger über diese Flüssigkeit fahren: Dann wird in der Mitte ein ganz blasses Rot erscheinen, fast ein Rosa, doch leuchtend durch das strahlende Weiß des Leintuchs; und an den Rändern wird ein Saum aus kräftigem kostbarstem, kaum verblaßtem Rot entstehen; es wird sogleich trocknen, wie auf einer Hand aus Gips... Doch gerade in diesem papiernen Verblassen wird es, tot, seine ganze lebendige Röte erhalten.
Das Grün...
Das Grün ist das Blau der Blätter des Bassins... Abends, wenn die Glocken läuten, die Frauen auf den Türschwellen singen, und die Nacht sich über die noble Stille des Gartens legt, wie der Schatten eines Gewitters: Die Blätter schwimmen reglos unter der Wasseroberfläche und färben sich immer blauer, bis sie grün werden. Aber, ist es Grün oder Blau? So haben sich jahrhundertelang gewisse grausame Soldaten gekleidet, Landsknechte oder die SS, und sind losgezogen, um die Beinhäuser der Welt mit der Erinnerung an

diese Kleidung zu füllen – verborgen im Dämmerlicht eines Gewitters.
Doch neben dem Blau, das sich in den Adern und dem Samt der Wasserblätter grün färbt, bleibt noch das wirkliche Grün: das derbe Grün der Heilkräuter, leicht braungefleckt von der etwas schlammigen Erde.
Es gibt auch dieses Grün.
Und das Braun: dieses helle, blasse Schlammbraun.
Es ist das Braun, welches sich aus innerer Gewalt, durch den Frost, im Bogen des Hintergrundgewölbes violett färbt.
Und ein zweites Rot: hauchzarter Trester, oder nicht mehr frische Erdbeeren: ob Trester oder Erdbeere, jedenfalls ausgepreßt, auf strahlendweißem Pergament oder Linnen, dann mit dem Finger zerquetscht, so daß der Saft sich ausbreitet, an den Rändern intensiv wird und in der Mitte eine Blässe, eine Leere, ein Nichts bleibt, voll von etwas, das Rot war und ist, jedoch nurmehr wie ein duftendes Spektrum.
Die Leere, die im Bild bleibt, in den Körpern der Heiligen Familie und ihrer Freunde – in den Säumen, dem Faltenschlag ihrer Gewänder – besteht in einem Weiß, das fast strahlt, ganz trocken, opak aber dennoch gemalt ist. Es ist das zarte Gelb der Ähren oder ein Rosa, das Rosa jener Blumen, deren Namen ich nicht weiß, ich glaube es sind Buschrosen, die wild zwischen den Frühlingsbüschen auf irgendwelchen Wiesen, Weiden oder an Gräben wachsen: mit den empfindlichen Blütenblättern, die sogleich abfallen, wenn man sie berührt. Man kann sich kein erleseneres als dieses so weibliche Rosa denken: das Rosa dieser Blumen, die nichts kosten. Dieses Gelb und dieses Rosa – welche die große Leere der Körper füllen, die an den Rändern von Klatschmohn, Trester, Erdbeeren und Wasserblättern schäumen –, sind keine Farbtöne, sondern ein Hauch: ein zarter, unregelmäßiger und mächtiger Hauch, wie ein unauslöschlicher Feuerschimmer oder Sonnenlicht, das auf ein hügel- oder turmförmiges Rauchgebilde fällt. Oben – derbes Grün, verblaßtes Mohnrot und opakes Gelb – eine Heilige und ein Engel, die barmherzig blikken. Unten rechts die Madonna, eingehüllt in einen wasserblattgrünen Mantel, der auch das Oval des augenbrauenlosen Gesichts umkränzt.
Unten links, zwei Frauen mit verblaßt erdbeerroten Hauben und

wassergrünen Gewändern, die zu ihr aufblicken, eine weitere hilft, so gut sie es vermag, den Körper Christi zu stützen, der im untersten Teil des Bildes von einem Engel unter den Achseln gehalten wird, während ein anderer gebückt seine Beine auf einer Schulter trägt – wobei er ins Objektiv blickt. – Wie Iwan Iljitsch, der seine Beine auf die Schultern des Bauern legte... Auch diese beiden gelockten rotwangigen Engel haben etwas Bäuerliches: Doch sie sind in der Stadt aufgewachsen. Der prägende Zug in ihrem Ausdruck ist der von Verlorenheit, oder vielmehr Dümmlichkeit. Jedenfalls ist einer, der jüngere, der Christus unter den Achseln stützt, ein Knabe von etwa sechzehn Jahren, von Kopf bis Fuß in diesem jahrhundertealten Grüngrau der Soldaten gekleidet, die – wie ich bereits sagte – in den Beinhäusern der Welt verstreut sind, um das Grün ihrer Kleidung in den Dämmerungen der Gewitter zu hinterlassen... Der andere, der Gebückte, der an den Schläfen etwas kahl ist – unter seiner lockigen, rötlichen Mähne tief eingehöhlte Augen, schwere Lider und einen etwas zu kräftigen und runden Unterkiefer –, muß aus den Marken kommen. Wie auch immer, seine Schultern, sein Brustkorb und sein Bauch sind nackt, und ein Mantel, der ihn bis zu den Oberschenkeln bedeckt, umgibt ihn in einem ährengelben Kreis über der Hose, die wieder in diesem verblaßten, grausamen, trockenen Zartgrün gehalten ist.

Ebenfalls auf der Höhe des Christus', doch in Rückenansicht, zur Madonna gewandt, steht eine weitere Frau, ganz in Erdbeer- und Mohnrot gekleidet, mit einem entblößten Arm, über dem ein Tuch hängt. Ein Arm so schön wie der Unterkiefer eines Elefanten, von einem pfirsichfarbenen Meer glattgespült.

Und gerade mit dieser letzten, abgewandt stehenden Figur beschäftigt sich im Augenblick der Regisseur:

REGISSEUR (*aus dem Off*) Kamera ab!

KLAPPENMANN (*aus dem Off*) Vierhundertzweiundvierzig, die Erste.

REGISSEUR (*aus dem Off*) Los!

FIGUR VON HINTEN, IN FARBE Maria, Maria!

REGISSEUR (*aus dem Off*) Nicht so... wiederholen Sie es... ergriffener, frommer...

FIGUR VON HINTEN, IN FARBE Maria, Maria!

REGISSEUR (*erregt, aus dem Off*) Halt! Ich habe Ihnen gesagt, Sie sollen ruhig stehen. Fuchteln Sie nicht so mit den Ellenbogen herum... Ruhig, ruhig! Sie sind die Figur eines Altarbildes, verstanden? Ruhig! Kamera ab!

KLAPPENMANN (*aus dem Off*) Vierhundertzweiundvierzig, die Zweite.

REGISSEUR (*aus dem Off*) Los!

FIGUR VON HINTEN, IN FARBE Maria, Maria!

REGISSEUR (*verzweifelt, aus dem Off*) Beschwörender, beschwörender!

FIGUR VON HINTEN, IN FARBE Maria, Maria!

Doch während sie »Maria, Maria« sagt, verliert der junge Engel, ganz in gelb und rosa Wölkchen, das Gleichgewicht und knallt fast mit dem Kopf auf den Boden.

... ...

REGISSEUR Kamera ab!

KLAPPENMANN (*aus dem Off*) Vierhundertzweiundvierzig, die Dritte.

REGISSEUR (*aus dem Off*) Los... Und denken Sie daran, beschwörend, und keine Bewegung.

FIGUR VON HINTEN, IN FARBE Maria, Maria...

Doch ein gewaltiger Schatten, ein sich zusammenbrauendes Gewitter, legt sich über das Strahlen der Farben, vernebelt und massakriert es.

REGISSEUR (*in verzweifelter, neurotischer Entmutigung, aus dem Off*) Die Sonne!

In der Tat schiebt sich am Himmel über der Acqua Santa gerade die Sonne hinter eine dichte, schwarze Wolke, die von magischen weißen Höfen umgeben ist, und verschwindet. Von der Höhe eines Gerüsts aus winkt ihr Gianduja, der neben einem Verbrecher steht, nach.

GIANDUJA Auf Wiedersehn, Phoebus!

7

Das Ende. Die Wolken verdecken die Sonne. In die Erde haben sich die Farben des Todes geprägt.

REGISSEUR Bindet sie los!

Während er dies sagt, steht er allein, wie ein Relikt, auf dem schwarzen, bleifarbenen Platz.

Geschwindigkeit eines Stummfilms: Zack, zack, zack, Stracci ist vom Kreuz losgebunden.

Zack, zack, zack, rennt wie ein Verrückter den Kalvarienberg hinunter, erreicht den Käse und ham, ham, ham...

Käse, Mund, Käse, Mund, Käse, Mund.

Einige haben schon spitzgekriegt, was hier für ein Spektakel stattfindet, und nähern sich. Langsam versammelt sich um Stracci ein Showpublikum... Viele glotzende, vor Lachen sabbernde Gesichter.

In der Mitte Stracci, der wie ein Fakir, wie ein Schwertschlucker hastig ißt. Er sieht niemanden, bemerkt nichts. Er ißt, ißt, ißt, besteht nur noch aus essendem Mund. Ach wie schade! Das Tier hat dem Käse schon den Garaus gemacht. Einer sorgt dafür, daß das Schauspiel weitergeht, und reicht Stracci einen Korb mit Eiern.

ERSTER TÖLPEL Da, kannst dich reinsetzen.

Ein Ei nach dem anderen landet im Mund: Mund, Eier, Mund, Eier. Nach den Eiern reicht ihm der nächste Tölpel eine Wassermelone.

ZWEITER TÖLPEL Spül dir 'n Mund aus!

Das Tier hört und sieht nichts: Es frißt. Ham, ham, ham, schlurf, schlurf, Kampf zwischen Mund und Wassermelone, zwischen Wassermelone und Mund.

Ein dritter Tölpel kommt mit einem Teller Nudeln herbei:

DRITTER TÖLPEL Da, die Vorspeise ist vorbei, jetzt kommt der erste Gang!

Und der Mund arbeitet und arbeitet, Mund, Nudeln, Mund, Nudeln, ham, ham, ham, schlurf, Mund und Nudeln.

8

Bild der drei großen Kreuze auf dem Gipfel des Kalvarienbergs vor dem Himmel.

Stracci, ans Kreuz gebunden, rülpst.

REGIEASSISTENT (*von unten, aus dem Off*) Heh, Stracci, weißt du deinen Text noch?

Doch dort oben hängt eine verdauende Riesenschlange; aufgedunsen, rot, unförmig: nickt mit dem Kopf.

Der Regieassistent beharrt, (unten, aus der Perspektive der Gekreuzigten):

REGIEASSISTENT Laß mich mal hören.

STRACCI Wenn du im Himmelreich bist, so empfiehl mich deinem Vater.

REGIEASSISTENT Wiederhole es noch einmal!

STRACCI (*geduldig*) Wenn du im Himmelreich bist, so empfiehl mich deinem Vater!

Ein neuer Wirbelsturm zieht über den Kalvarienberg:

Münder, die rufen, verkünden, vorwarnen:

MÜNDER Er kommt!

Er kommt!

Er kommt!

Er kommt!

Die Musikkapelle am Hang des Kalvarienbergs setzt mit dem Marsch der Aida ein. Menschentrauben nähern sich, steigen den Hang hinauf. Der Kalvarienberg wimmelt nur so von Menschen.

CHRISTUS (*zu Stracci*) Da ist er, dein Chef!

STRACCI (*von der Verdauung gequält, bringt kaum einen Laut über die Lippen*) Was soll das heißen, deiner vielleicht nicht?

Von oben, wie aus der Sicht der Gekreuzigten, sieht man eine Schar sich nähernder und immer wieder zurückweichender Photoreporter mit verkniffenen Gesichtern und hochgezogenen Schultern.

Hinter den Photoreportern die Winkeladvokaten, in großem Staat, ausgesprochen dezent in grauer Seide gekleidet.

Der Regisseur, der Regieassistent und der Produktionsdirektor gehen dem hohen Besuch entgegen. Man sieht auch die eine oder andere Diva. Und schließlich ihn, den Produzenten, vor dem Hintergrund des über den ganzen Horizont verkleckerten Rom.

Friedlich, von der Höhe der Gekreuzigten aus gesehen, nähert sich der Produzent mit seinem Gefolge der Kamera.
Blitzlichtregen, verschwenderisches Händedrücken.

PRODUZENT Kompliment, Kompliment!

REGISSEUR Das wollen wir doch bis zum Abschluß des Films aufsparen!

Worte und Lächeln werden beim Klang der Musikkapelle von den Blitzlichtern verewigt.
Der Produzent, der Regisseur, der Regieassistent, die Diven und das Gefolge, immer noch etwas gestaucht aus der Höhe gesehen, erreichen schließlich die Mitchell und kommen neben der Filmkamera zum Stehen.

REGIEASSISTENT Ruhe, es wird gedreht!

MÜNDER Ruhe!

Ruhe!

Ruhe!

REGISSEUR Kamera ab!

KLAPPENMANN Zweitausendfünfzig, die Erste.

REGIEASSISTENT Stracci, paß ja auf... (*souffliert*) Wenn du im Reich des Himmels bist...

REGISSEUR Los!

Straccis Kopf baumelt auf der Brust.

REGISSEUR Looos!

Der Produzent raucht friedlich seine Zigarre, der Regisseur, der Regieassistent, die Diven, das Gefolge, alle stehen sie im Halbkreis, aus der Perspektive der Gekreuzigten auf den Boden gequetscht, in Erwartung.

REGISSEUR Looo!

Doch Straccis Kopf hängt immer noch herunter, bewegungslos wie ein Schinken.

MENSCHLICHE WESEN DES TEAMS Ihm ist schlecht.

Was hat er denn?

Er ist tot!

Gianduja stellt eine Leiter an das Kreuz, steigt hinauf, lauscht, dreht sich um und ruft:

GIANDUJA Er ist tot.

Der Kreis der Anwesenden, die Herren, die Vorsitzenden, mit erhobenen Häuptern und enttäuscht, von den Kreuzen aus gesehen,

verziehen die Münder, nun, da sie durch diesen Streik gewahr werden, daß Stracci *gewesen ist*.
Und voller Geduld baumelt Straccis großer Kopf vom Kreuz.

(1962)

Prophezeiung

Für Jean-Paul Sartre, der mir die Geschichte von Alí mit den blauen Augen erzählte.

Es war einmal ein Sohn
auf dieser Welt,
und eines Tages ging er
nach Kalabrien:
Es war Sommer, und die
Hütten waren leer,
neu, wie Zuckerwerk
aus Feenmärchen vom
Hunger gefärbt. Leer.

Wie Schweinekoben ohne Schweine, inmitten von Beeten ohne Salat, von Feldern ohne Erde, von Bachbetten ohne Wasser. Mondgenährtes Land. Von Skeletten angehauchte Ähren.

Ionischer Wind fuhr
durch das schwarze Stroh, wie
in den prophetischen Träumen:
Ein hungerfarbener Mond nährte
Böden, die nie den Sommer liebten.
Es war zur Zeit des Sohnes,
als diese Liebe hätte beginnen
können, die nicht begann.
Der Sohn hatte Augen
wie verbranntes Stroh,
Augen ohne Angst, die alles
Übel sahen: Nichts wußte
er von Landwirtschaft,
von den Reformen, vom Kampf
der Gewerkschaft, den

Wohltätigkeitsvereinen.
– Doch er hatte diese Augen

Jeder kleine Bauer
hatte seine neuen Hütten
verlassen, wie Schweinekoben
ohne Schweine, auf hungerfarbnen
Lichtungen, unter runden
Hügeln, mit Blick
auf das prophetische Ionien.
Dreitausend Jahre vergingen

nicht drei Jahrhunderte, nicht drei Jahre, und in der malariakranken Luft spürte man wieder die Erwartung der griechischen Siedler. Ach, wie lange wirst du noch, Arbeiter in Mailand, nur für den Lohn kämpfen müssen? Siehst du nicht, wie man dich hier verehrt?

Fast wie einen Herren.
Aus ihren antiken Regionen
würden sie dir Früchte
und Tiere bringen, würden
mit dem Stolz des alten Brauchs
ihre skurrilen Fetische
in deinen neuzeitlichen
Kammern deponieren,
zwischen Eisschrank und Fernseher,
hingerissen von deiner Göttlichkeit,
du, von der Inneren Kommission,
du, von der Gewerkschaft,
aliierte Gottheit,
im sicheren Norden.

Auf ihrem Boden verschiedener
Rassen nährt der Mond
ein Land, welches du ihnen
umsonst beschafft hast.
Auf ihrem Boden der Familientiere
ist der Mond Meister der Seelen,

die du umsonst zu Modernen machtest. Doch der Sohn weiß: Die Gunst des Wissens ist ein Wind verschiedener Himmelsrichtungen. Jetzt bläst er vielleicht aus Afrika, ja, lausch du nur dem, was der Sohn durch Gnade weiß. Und lächelt er nicht, so

weil die Hoffnung für ihn
nicht Licht, doch Vernunft war.
Und das Licht afrikanischer
Gesinnung, das plötzlich
über Kalabrien fegt, sei ein
gültiges Zeichen ohne Bedeutung
für künftige Zeiten!
Dann: wirst du aufhören,
um den Lohn zu kämpfen
und die Hand der Kalabresen
bewaffnen.

Alí mit den blauen Augen,
einer der vielen Sohnessöhne
wird von Algerien kommen,
auf Segel- und Ruderschiffen.
Tausende von Männern werden mit
ihm sein, Augen und Leiber
armer Hunde ihrer Väter

auf den im Reich des Hungers ausgelaufenen Schiffen. Sie werden die Kinder mitbringen, das Brot und den Käse, im gelben Papier der Ostermontagsausflüge. Sie werden die Großmütter und die Esel mitbringen auf den Trieren, die sie in den Häfen der Koloniestädte gekapert haben.

In Crotone oder Palmi
werden sie an Land gehen,
zu Millionen, bekleidet
mit asiatischen Lumpen und
amerikanischen Hemden.
Wie alte Gauner zu Gaunern
werden die Kalabresen sogleich

sagen: »Hier sind die alten
Brüder, mit den Söhnen, mit
Brot und Käse!« Von Crotone
und Palmi werden sie hinaufziehen
nach Neapel, und von dort
nach Barcelona, nach Saloniki und
Marseille, in die Städte der Verbrecher.
Seelen und Engel, Ratten und Wanzen
mit dem Keim antiker Geschichte
werden sie vor die Willaye fliegen.

Sie, stets bescheiden
Sie, stets schwach
sie, stets schüchtern
sie, stets erniedrigt
sie, stets schuldig
sie, stets unterdrückt
sie, stets klein,

sie, die nie wissen wollten, sie, die nur Blicke zum Anflehen hatten, sie, die wie Mörder unter der Erde lebten, sie, die wie Verbrecher am Meeresgrund weilten, sie, die wie Verrückte inmitten des Himmels schwebten,

sie, die sich Gesetze
außerhalb des Gesetzes schufen,
sie, die sich einer
Welt unter der Welt anpaßten
sie, die an einen Gott,
Diener des Gottes, glaubten,
sie, die zu den Massakern
der Könige sangen,
sie, die zu den
Bürgerkriegen tanzten,
sie, die für die Kämpfe
der Arbeiter beteten...

…die Ehrlichkeit
der Bauernreligionen abgelegt,
die Verbrecherehre
vergessen, die Offenheit
der barbarischen Völker
verraten, werden sie
hinter ihren Alis

mit den blauen Augen – von unter der Erde hervorkommen, um zu töten – vom Meeresgrund auftauchen, um anzugreifen – von den Himmelshöhen herniederfallen, um zu stehlen – und ehe sie nach Paris kommen, um die

Lebensfreude zu lehren,
ehe sie nach London kommen,
um die Freiheit zu lehren,
ehe sie nach New York gelangen,
um die Bruderschaft zu lehren
– werden sie Rom zerstören
und auf den Trümmern
den Keim der Alten
Geschichte niederlegen.
Und mit dem Papst
und allen Sakramenten
werden sie gen Nordosten ziehn
wie die Zigeuner
mit Trotzkijs roten
Fahnen im Winde…

(1962–1964)

Der Blondschwarze

EIN BLONDER ODER EIN SCHWARZER AUS PRATI, TRASTEVERE ODER MONTEVERDE WIRFT, EHE ER EIN ZÜNDHOLZ FÜR DIE SÜNDIGE ZIGARETTE ENTFLAMMT, EINEN BLICK ZU DEN KOLONNADEN VON SANKT PETER, MIT DEM GEDANKEN, EINEN PILGER ZU TÖTEN.

Andante

Die Sonne stirbt über meinem kleinen Jungen und dem Petersplatz, die Straßenbahn fährt am Ende der Via delle Guje vorüber, rot wie die Morgensterne,

rot ist die Sonne in den Hosen des Schwarzen,

der Schwarze sitzt unter einer Säule und entzündet eine sonnenrote Zigarette, mit Tod und Leben unter dem Himmel von Prati,

und, schau, wie groß sie ist, die Sonne! Wie groß die Sonne von Prati ist! Sankt Peter ist winzig in ihrem Licht, und der Blonde hat einen Kopf so groß wie die Sonne, frisch, mit der sonnenroten Zigarettenglut,

und die Schatten seiner Hosen sind hell wie die Schatten der durchsichtigen Säulen im sterbenden Licht der Sonne,

dunkel ist die Sonne in den Hosen des Blonden.

Ah, Sonne! Sankt Peter entschlummert. Mein Liebster hebt einen Stein hoch und tötet.

Der kleine Blonde hebt einen Stein hoch und tötet.

Der Schwarze hebt einen Stein hoch und tötet.

Das Blut fließt rot am Ende der Via delle Guje vorbei, wie Morgensterne,

rot ist die Sonne im Stein des Blonden,

vom Petersdom bis zu San Paolo ist die Sonne nur Frische, die letzte Nacht stirbt über Monteverde: Ein See von Frische wird morgen auf dem Hügel von Monteverde sein.

Ach, wie klein ist die Sonne, in ihrem Licht hat Rom Millionen Schwarze,
finster ist die Sonne im Stein des Schwarzen.

Ein Schwarzer oder ein Blonder, mein kleiner Junge sitzt unter einer Säule von Sankt Peter und entflammt ein Zündholz, das in den durchsichtigen Kolonnaden flimmert,
das Feuer am Kopf des Zündholzes durchstreift die Sonne, flitzt zur Zigarettenspitze des Blonden,
und in diesem Augenblick hebt der Blonde den Stein hoch,
rot ist die Sonne am Himmel von Sankt Peter,
und in Monteverde, wo der kleine Blonde zur Welt kam, entsteht ein See voller Frische: Morgen wird der Hügel von Monteverde noch einmal seine geblendeten Augen gen Himmel öffnen,
im Streifen des Feuers vom Zündholzkopf zum Glimmstengel, rot wie ein Morgenstern, hebt der Schwarze den Stein hoch,
seine Augen werden rot von Blut,
seine Mutter zittert mit der Luft von Monteverde auf den durchsichtigen Wangen,
Rom hat Millionen von Schwarzen, die zu Mördern werden, jeden Morgen, und
schwarz ist die Sonne am Himmel von San Paolo.

Allegretto

Die Sonne sticht auf die Stirn meines Kleinen, der hingefläzt unter einer Säule von Sankt Peter sitzt, mit den Lippen schnappt er sich eine Zigarette aus dem sündigen Päckchen, Blüte der Via Ripetta, mein Schwarzer hat sich verkauft, für 'n paar lumpige Zigaretten,
rot ist die Liebe in den Knöpfen des Schwarzen,
und die Sonne sticht auf die Zigarette, die die Sünde vom Farnese verbrennt. Verwelkte Blume, für 'ne Zigarette hat mich mein Blonder im Farnese hintergangen,
und auf der Sünde vom Farnese, die jetzt am Glimmstengel glüht, ist die Sonne von Sankt Peter reine Frische,
finster ist die Liebe in den Knöpfen des Blonden.

Ah, Verräter! Sch…, er hatte keine Lira in der Tasche, jetzt zündet er die Zigarette an, reibt das Zündholz auf dem Schenkel und spuckt zwischen die Füße des Pilgers, im Lichtstreifen seines Zündholzes erlebt Monteverde einen Maiabend, und der kleine schwarze Junge geht das erste Mal mit dem Schwulen ins Kino,

rot ist das Feuer in den Hosen des Schwarzen,

he, schau dir den Ameisenhaufen der Prozessionen an unter der schlaffen Sonne, die hinter Sankt Peter stirbt und San Paolo, San Giovanni und Santa Maria Maggiore mit Licht überflutet,

die Zigarette zwischen den Fingern steckt der Blonde eine Hand zwischen die Beine,

finster ist das Feuer in den Hosen des Blonden.

Mensch, Schwarzer, schau dir das Blut an, das von deiner Kinozigarette tropft,

es ist der Hohn, der dir deine Röhre schlaff wie die Sonne macht, die in deinen Feuerhosen stirbt,

he, Schwarzer, bist 'ne einzige Blutfrische,

roter Tod in den Hosen des Schwarzen!

Der Freier geht vor dem Blonden, der die sündige Zigarette raucht, und der Blonde geht hinter San Paolo, San Giovanni und Santa Maria Maggiore, mit dem Stein in der Hand,

kommt unter die Eisenbrücke, geht runter zum Hafen,

sonntags, alles ist still, Monteverde ist ein See der

Frische, die Mutter des Blonden zündet das Gas an, und

unter dem Gaswerk hebt er den Stein gen Sonne,

finsterer Tod in den Hosen des Blonden!

Trauermarsch

Sohn, zwischen Sonne und Zündholzflamme
dringt das Gas in deine Augen, in der Gegend

von San Paolo zum Vascello, in deine schwarzen Augen,
deine schwarzen Augen, die einsam brennen,

und du, Sohn, einsam in deinen blonden Hosen
mit dem Gas, das durch deine unreinen Augen strömt,

vom Hunger nach Jugend und Sünde still
thronst du durchsichtig unter der Kolonnade.

Der Hafen und Monteverde sehen deinen Gedanken,
in dem du den roten Stein gegen den Fremden erhebst,

doch allein bist du, Blonder, im schwarzen Gestank
deines englischen Parkas, den dir die Sonne vergoldet.

Sohn, in deinen einsamen Augen, einsam wie du,
sind die Sonne des Hafens und deine Jugend

einsam, und du denkst, einsam in deiner Sonne,
die dir den Gestank aus den Kleidern frißt, denkst

an Liebe, an den Tod, einsam auf den Wiesen
zwischen dem Hafen und Monteverde unter Schatten
von Betrunkenen

unter falschen Weibern und Müttern, die einsam wie ihre Kinder
sind,
ach Sohn, einsam denkst du, mit der Sonne über den blonden

Wimpern und den schwarzen Augen, ach, Sohn, einsam
denkst du an den Tod, der einsam in deinen verlassenen

jugendgetränkten Kleidern stinkt, während die Sonne
den Petersplatz und deinen schwarzen Kopf vergoldet.

Sohn, die Jugend lebt dir zutiefst im Herzen,
rot und einsam wie die Sonne, die stirbt.

Sohn, zutiefst im Herzen, lebt dir Rom, einsam
rot und ohne Liebe, wie die Sonne, die stirbt.

Sohn, wenn du schläfst, so stirbt dieses wenige Rot,
und wenn du erwachst, so siehst du die Sonne nicht mehr.

Sohn, auch Gottes Vergebung ist etwas Sonne,
die dich durchsichtig macht, rot, und bald stirbt.

Sohn! Kleiner Blonder in der Sonne von Sankt Peter,
die an Jugend und Verlassenheit in deinem schwarzen Tod
stirbt.

Scherzo

Verdammter Scheißdreck! Gib's ihm, Schwarzer, mit 'm Stein auf die Knochen, diesem Wichser, der dir die Sonne klaut... ... ... der spürt 'n gar nich 'n Stein auf 'n von der Sonne krebsroten Knochen, der war nich da, als deine Mutter dich gemacht hat, allein, aus 'm Bauch, allein mit 'm verlassnen Herzen, der war nich da... ... mit 'n Bullen, die rumstrichen, allein durch Monteverde, allein,
mit Blut versaut... ... ..., 'ne Blutidee, die 'n Stein auf die von der Sonne schwarzen Knochen hebt,
mit Blut versaut... ... ...! he, Blonder, der war nich da... ... ... an deinem Morgen,
he, Schwarzer... ... ... der war nicht da an deinem Abend!
Gib's ihm mit 'm Stein in die Knochen in der Sonne vom... ... ..., in der Nacht vom Hafen,
in der Früh werden die Säue Menschengestank riechen!
in der Sonne vom Hafen und in der Nacht vom... ... ..., wird's nach 'm Toten stinken!
Los, Schwarzer, was hast 'n?, verschmier ihm mit Liebe 'n A...
wasch die Wichserei vom Farnese mit 'm Liter Blut ab,
der war nicht da, Schwarzer, ..., der war nicht da. Wo denkst 'n hin Schwarzer, der rote Stein da landet in deinen eignen Knochen, und morgen, wenn die rote Sonne von Sankt Peter ins Morgengrauen vom Hafen sinkt, wirst du dir sagen: Ichibus, der Tote bin ja Ichibus.
Heb, heb 'n Stein, versau's den Reichen mit Sahne... ..., wo denkst 'n hin, Blonder, und morgen, wenn die Sonne in der Früh am

Petersplatz aufgeht, wirst du dir sagen: Die Mutter vom Toten, au weh, ist meine Mutter!
Herrje, Bauch von der verlassnen Mutter, herrje, Jugend die stirbt, rot und verlassen.
Los, Blonder, los, Schwarzer, gib's ihm mit 'm Stein in die Knochen, in der Sonne am Petersplatz,
was für 'n Riesenbegräbnis! was für 'n Haufen Toter! eine Million Mörder kommt unter die Erde!

Getöse

VARIATION NR. 1 Verlorene Blüte, Christus hat kein Blut mehr für diesen Menschen. Christus hat kein Blut mehr für diesen Menschen. Blüte des Throns, von Sohn zu Sohn verschleißt der Himmel. Von Sohn zu Sohn verschleißt der Himmel.

VARIATION NR. 2 Zu allein bist du in dir drin, da ist nichts zu wollen! Was sieht denn der Pilger, wenn er dich mit 'm blutigen Auge anschaut?
'n Haufen Einsamkeit.
Was sagt drinnen deine Seele, wenn er schreit und die Mutter mit 'm Namen ruft? Was schreit 'n der Idiot so rum, da ist eh keiner in deiner Seele?

VARIATION NR. 3 Was schreit 'n das Arschloch so rum? Mit deinen Schlangenaugen und deinen Schmalzlocken bist du doch wie 'ne Wand, an der das Geschrei abrinnt: Sind wir Brüder oder sind wir nicht Brüder? Egal! Dann schlägst halt Abel tot.

VARIATION NR. 4 Heiliges Rom, 'n Arschpack, was Pilger? Der Blondschwarze dreht dir im Traum 'n Hals um wie 'nem Suppenhuhn: Pimmelblüte, die Schreie vom Toten sind wie Schmetterlinge, die dem Jüngelchen ans Herz knallen.

VARIATION NR. 5 Der Pilger, der hat überhaupt keine Mutter! Neee! Guck ihn dir an: allein und verratzt wie 'n Toter dieser Lebendige vom Ar…, erschlag ihn am stinkigen Hafen! Der gibt dir 's

Leben für 'n paar Zwiebeln und Grünzeug. Schleimerblüte, die Augen vom Sterbenden sind Kamele, die 's Nadelöhr vom Jungen anpeilen.

VARIATION NR. 6 Weißt du Idiot denn nicht, daß der, der tötet, stirbt! Das Skelett vom Pilger wird vom Loch verschlungen, und du landest noch vor ihm im Loch, noch vor ihm, und dort kannst du dich selbst f... Du stirbst, wenn du tötest, und stirbst, wenn du nicht tötest. Du stirbst, wenn du tötest, und der Papst schmeißt dich in der Früh auf 'n Armenleichenhaufen, du stirbst, wenn du nicht tötest. Und meinst du vielleicht, diese Dreckswelt schert sich drum? Ach, armer Sch... ohne Kerzen und ohne Sarg.

VARIATION NR. 7 Arbeit! Was ist 'n das für 'n Ding? Von Porta Portese bis zur Hölle in Gesellschaft von Arschfickern und Dieben, verdammt, wie soll da einer arbeiten! Schau doch mal ins Paradies, ob da irgendein Rindvieh zu finden ist: Die heiligen Jungfern kraulen sich 'n ganzen Tag die Fotzen, und die andern die Eier und Schwänze.

VARIATION NR. 8 Blüte von Sankt Peter, der Arbeitstag ist finstre Nacht in meinem Herzen aus Staub und Stein, Blüte der Mauern, die Arbeit ist 'ne ewige Nerverei für den Knirps, der harte Eier hat und 'n hartes Herz, Blüte des Bordells, die Arbeit hat die Farben von Terracina, in den römischen Visagen der kleinen Jungen, Blüte der Trauer, die Arbeit ist 'n Licht in 'n Haaren, auf 'm Trittstein vom Pissoir, Blüte des Dorns, die Arbeit ist 'n Licht auf 'm römischen Stein von der Kindmutter, Blüte des Todes, in der Brust vom kleinen Blonden ist die Arbeit 'n blinder Christus, der nicht wieder auferstanden ist.

Fuge

Mit Tod und Leben ein Junge in seinem Viertel.
Mit Tod und Leben ein kleiner Junge in seinem Viertel.
Mit dem roten Tod und mit der roten Frühe ein Junge in seinem Viertel,
ach Tod! ach Leben! ein Junge, der in seinem Viertel lebt und stirbt,

ach Tod, ach rotes Licht der Frühe! ein Junge mit seinem Leib in seinem Viertel! ach Tod, ach Frühe des Viertels, der Junge mit seinem Leib in der Frühe!
Ach roter Tod! Ach Sonntag! Der Leib des Jungen mit Leben in seinem Viertel, mit dem Tod und mit der Feiertagsfrühe, der Junge mit der Sonne in seinem Viertel.

Mit dem Leben und mit dem Tod, ein Junge in seinem Viertel.
Mit dem Leben und mit dem Tod ein Blonder in seinem Viertel, mit dem roten Leben und dem roten Tod ein Schwarzer in seinem Viertel.
...Ach Leben, ach Tod, ein Junge stirbt und lebt in seinem Viertel,
Ach Leben, ach Röte der Nacht! Ein Junge vergißt seinen Leib im Viertel,
Ach Leben, ach Nacht des Viertels, der Junge vergißt den Traum in der Nacht,
...mit dem Leben und mit dem Tod des Feiertags, der Junge mit dem Tod in seinem Viertel.

Im Viertel ein Junge mit dem Tod und mit dem Leben.
Im Viertel des Todes ein Junge mit dem Leben verstummt.
Ach Viertel des Todes mit den Tagen des Todes, ein Junge der mit dem Feiertag des Lebens läuft,
roter Tod des Viertels, ein Junge mit dem Feiertagsleben läuft verstummt durch die Tage des Viertels.
Leben, Tod im Jungen des Viertels.
Leben und Tod – Leben und Schatten in den Augen des Jungen aus dem Viertel – Leben und Schatten – Leben und Lust in den Augen des Jungen...
(Leben und Schweigen – Leben und das Herz im Grab – Leben und das Herz im Tod der Mutter... Leben und Schatten im Tod der Mutter – Leben und Lust im Asphalt des Viertels – Leben und Tod, Leben und Tod, im Namen des kleinen Jungen.)

Tod, Leben im Jungen des Viertels.
Tod und Leben. Tod und Licht in den Augen des Jungen aus dem Viertel. Tod und Licht. Tod und Frische in den Augen des Jungen...

(Tod und Tumult. Tod und das Herz auf der Straße. Tod und das Herz in der Brust der Kameraden... Tod und Licht in der Brust der Kameraden. Tod und Frische im Asphalt des Viertels. Tod und Leben, Tod und Leben, im Namen des kleinen Jungen.)

Leben, nicht Tod, mit dem Jungen, der im Viertel singt!
Der Pincio am Sonntag! Nicht der Tod, mit dem Schwarzen, der in seinem Viertel singt.
Der Gianicolo im April... nicht der Tod, mit dem Schwarzen, der in seinem Viertel singt! ...
Die Tiberstraßen nach Sonne duftend – nicht der Tod, mit dem Schwarzen, der singt! ...
Via della Lungara frisch von Sonne, kleinen Gören und Jungen, mit dem Schwarzen, der singt! ...
Ostia rot von Sonne und Liedern – nicht der Tod, mit dem Schwarzen, der singt.

Tod, nicht Leben, mit dem Jungen, der im Viertel singt.
Die Sonntage am Hauptfriedhof – nicht das Leben, mit dem Blonden, der singt...
Der Gianicolo mit den Bullen – nicht das Leben, mit dem Blonden, der singt...
Die Tiberstraßen, schwarz von den Pissoirs – nicht das Leben, mit dem Blonden, der singt...
Primavalle, verdreckt von Schwindsüchtigen, Dieben und Kloakenschmetterlingen, mit dem Blonden...
Der Hafen, schwarz von Scheiße und Schweinereien – nicht das Leben, mit dem Blonden...
Leben ohne Namen des Kleinen, der lacht... (auf dem Petersplatz).
Leben des Schwarzen ohne Namen.
Leben des Kleinen ohne Namen.
Leben des Knaben ohne Namen.
Leben, das keinen Namen hat von dieser Kreatur aus dem Viertel.

Tod im Namen des Jungen, der auf dem Petersplatz lacht.
Tod im Namen Fabbrizios.
Tod im Namen Robertos.
Tod im Namen Nicchiolas.

Tod mit seinem eigenen Namen, in dieser Kreatur, die in ihrem Viertel lacht.

Leben und Tod, Leben und Nacht, Leben und Röte der Nacht, Leben und Schatten. Leben und Schatten in den Augen des Jungen,
Leben und Lust, Leben und das Herz im Grab.
Tod und Leben, Tod und Morgengrauen, Tod und Morgenlicht,
Tod und Sonne, Tod und Sonne in den Augen des Jungen,
Tod und Frische, Tod und das Herz der Kameraden...

Sünde und Unschuld im Knaben des Viertels.
Der Junge mit dem sündigen Blond im Viertel.
(Von Unschuld besudelt, der Junge im Viertel.)
Die Sünde ist das Blond des Jungen und seine Augen. (Der lockige Schopf und die Schlangenaugen sind seine Unschuld.)
Die Sünde ist die Stille im Herzen des Jungen aus dem Viertel.
(Die Unschuld ist die Lüge im Herzen des Jungen aus dem Viertel.)

Unschuld, Stille der Sünde,
Sünde, Stille seiner Unschuld,
Leben, Stille des Todes,
Tod, Stille seines Lebens,
besudelt in der Sonne des Viertels,
rein in der Sonne des Viertels.
... ...

(1950)

Gas

Im Regina-Coeli-Gefängnis wartete Virgili mit verständlicher Ungeduld auf das Näherrücken der Mitternachtsstunde. Das »Ungeheuer« hatte zwar teilweise das Bewußtsein seiner eigenen Identität verloren (man erinnere sich an die gekürzte Fassung von »Ein Mensch, den ich niemals vergessen werde« des Dr. O'Hara in »Reader's Digest«, italienische Ausgabe, März '50, über den zu lebenslänglicher Freiheitsstrafe verurteilten Duncan), aber nicht den Selbsterhaltungstrieb. Wenn ihm noch nicht wie Duncan die Idee gekommen war, sich als Versuchsobjekt zu rehabilitieren, jedenfalls den äußeren Symptomen nach zu urteilen, so war jedoch eindeutig zu erkennen, daß er zumindest von der *Dunga* befallen war, »jenem tropischen Fieber, das die Knochen bricht und im Pazifik mehr Opfer gefordert hat als alle Kriege«. Vielleicht bedurfte es eines Skalpells, um, so man wollte, seine Zähne auseinanderzubringen, die sich in der Qual der Erwartung ineinander verbissen hatten; oder, wenn er selbst ganz unvermittelt den Mund öffnen würde, dann lediglich, um einen Satz wie jenen von sich zu geben, den er bei seiner Heimkehr gutgelaunt dem Hausmeister zugerufen hatte: »Jetzt weißt du, daß du einen Kriminellen im Haus hast.«

Die Personalien Ziffer für Ziffer: eine zu 3 Jahren, eine zu 5, eine zu 8, eine zu 11 und eine zu 12, zunächst – nach dem *Tempo* –: doch wir haben das Recht hinzuzufügen: eine zu 1, zwei zu 6, eine zu 9, eine zu 2 etc. Er begriff allmählich, daß er »ein Krimineller« war: Sieh mal an...

Doch, Macht und Ohnmacht der Begriffe, sich einen Kriminellen zu nennen, bedeutete jedenfalls, das Urteil zu konkretisieren... und die Delikte zu abstrahieren. Auf diese Weise war das Urteil beinahe angenehm. Doch jetzt, verdammt, ging es nicht mehr um den Hausmeister, um das kriminelle Sein oder Nichtsein etc.: An einem gewissen Punkt macht auch der Gelynchte vor Schreck in die Hosen, kriegt die *Dunga*, »diese Krankheit, die die Knochen bricht«. Es gab einen Abgeordneten, der draußen, meilenweit von

Regina Coeli entfernt, an den keuschesten, desinfiziertesten, offiziellsten, geschlechtslosesten, rechtschaffensten und unbescholtensten Orten Italiens ein Verfassungsgesetz forderte, das von einer Art war, daß einen schon der Gedanke daran zu Tode erschreckte: »FÜR DEN MISSBRAUCH VON KINDERN«, stand in den Zeitungen, »WIRD DIE TODESSTRAFE GEFORDERT«. Und darunter: »Die Wiedereinführung der Todesstrafe in unserer Gesetzgebung ... ist Gegenstand eines Verfassungsgesetzvorschlages, den der christdemokratische Abgeordnete Florestano Di Fausto dem Kammerpräsidenten überreicht hat ... In einem dem Gesetzesvorschlag beigefügten Gutachten hebt Di Fausto unter anderem hervor, daß die freie Ausübung dieses Verbrechens seit längerem die offenkundige Unzulänglichkeit der herkömmlichen Gesetzgebung belege und deshalb zu jenen Sondermaßnahmen gegriffen werden müsse, die immer hartnäckiger von der öffentlichen Meinung gefordert werden«. In dieser Form schluckte Virgili diesen bluttriefenden Brocken, diesen sympathischen »Gegenstand eines Verfassungsgesetzvorschlages«, die TODESSTRAFE, zwischen »freier Ausübung«, »offensichtlichen Unzulänglichkeiten« und »hartnäckiger Forderung (der öffentlichen Meinung)«.

Inzwischen legte sich die Nacht über Rom: In der warmen Luft hingen die Gerüche der Tiberufer, ein paar verflüchtigte Boogie-Woogie-Takte. Aus Primavalle drang der Geruch vom Fett der Supplì herüber; die *Circolare Destra* kreischte am Ponte Mazzini in ihren Gleisen.

Virgili hatte kaum genug Lebenskraft zum Atmen: mit offengelegtem Gehirn. Der kleine Zettel Villons mit dem Fluchtplan machte seinen innerlichen Tod nur noch blinder: er ahnte gewiß nicht, daß er in einer Stunde, um Mitternacht, noch frei sein würde – frei sogar, die Linie 23/36 zu nehmen und nach San Paolo zu fahren – frei, gelassen und ohne dabei von jemandem gestört zu werden, zu denken: Ich bin ein Krimineller, frei, weiterhin zu sündigen, was ja das größte Streben aller Menschen ist, denn wenn auch alle Angst vor dem Gefängnis haben, so wollen sie doch zur Hölle fahren.

Zwei Stunden, von zehn bis Mitternacht, allein in Rom. Villon stieg zum Kapitol hinauf, um die Zeit herumzubringen: Er wußte, daß für ihn dort oben kein guter Wind wehte – daß ein verderbter Mensch das dortige Pflaster nicht unbestraft betreten kann – daß er sich sofort hätte aus dem Staube machen müssen, da er von Bekehrung nichts wissen wollte. Dennoch sind die zehn Minuten, die François dort oben verbrachte, zu untersuchen: Er war ergriffen 1. von der konkaven, oder konvexen, Einsamkeit, die jedenfalls etwas mit Geometrie und Bühnentechnik zu tun hatte; 2. von dem lautlosen Klang eines wie in einen Schrein gepferchten Abgrundes; 3. von dem zu eindeutig exquisiten Stoff: ein Kind, ein Naiver, ein Akademiker und Bach, zusammengestellt, um das Ornato aperitivo zu spielen; ja, Bach, die Musik: ein einziges Flügelschlagen von Stradivarigeigen und Harmonium; eine Langeweile voller Neurosen und Sambamotiven; ikonoklastische, sadistische und sakrilegische Versuchungen (z. B. ein Mundfurz für Michelangelo). Doch mehr denn je war es erforderlich, daß Villon sich verteidigte: Setzte er etwa nicht, Herrgott, sein ganzes, vergangenes und künftiges, verpraßtes und beklagtes Leben aufs Spiel? Das Kapitol war tatsächlich hinreißend schön.

Die Kopfwäsche zwang Villon, der dies im übrigen vorhergesehen hatte, alles stehen und liegen zu lassen und die weite Treppe wieder hinunterzusteigen, die er so selbstsicher erklommen hatte. Während des Rückzugs konnte er jedoch einen letzten, giftigen Blick auf diese ganze göttliche Schöpfung werfen und Rom zu seinen Füßen liegen sehen. In einer sehr langen Sequenz, so starr wie der Blick des Liebespaars in einem klassisch gewordenen Film, brannte das Forum im Licht der Scheinwerfer, die es kaum streiften, Reflektoren grüner, granatrötlicher, rauchgelber, mausgrauer Tinte: Speichel und Selters aus Licht längs der Horizonte, unter den wie in einer Zeichnung des frühen zwanzigsten Jahrhunderts luxuriös gekräuselten Wolken, vielleicht mit einem schmierigen Schleier über den Zeichen und Verletzungen, die durch die Feder entstanden, schieben ein Element meteorologischer, romantischer Unordnung zwischen François' ironischen Blick und den feierlich aufgestapelten und ebenerdig zerfallenen republikanischen Steinhaufen ... Die Phantomschar des Aventin stieg dem festgelegten Aufruhr IHRER Nacht entgegen – einer bereits anderen, glücklicheren, ah, wie sehr glücklicheren, an leuchtenden Emulsionen, Sprudeln und geheimnisvollen Labsäften reicheren Nacht –, zwischen mittelalterlichen, blut- und ammoniakgetränkten Mauern hinab: und noch weiter hinten, ganz fern, zwischen den Augenhöhlen-Fenstern irgendeines Kolosseums und anderer heiliger Gebäude dieser Art, flimmerte, als stände der Besuch eines neuen Hitlers bevor, roter Phosphor – in dem wundersamen Rot von Kinderbonbonpapier – Geist alter bengalischer Feuer, zu Stein erstarrt und vom Nachtwind zerfressen – dünner, wütender orange getönter Staub in der farblos-finsteren Luft der städtischen Horizonte... Hinter dem Rom Michelangelos verbrannten die Huren von Bonichi in Freudenfeuern ihre päpstlichen Schleier.

Denn das Heilige Jahr war, ohne es zu wollen, dem Sex zugute gekommen. (Diese Schlange, die wie ein Bandwurm im Bauch eines Richters kriecht, durch die vornehmsten Straßen der Stadt schleicht, sich einen Dreck um Ampeln und Verkehr schert – glitschig und unbestimmt wie ein Parfum – das aufdringliche Parfum des von der Sonne berührten Asphalts, der Toiletten, des Mörtels, der Maiglöckchen und dem Palmolive – und die dann plötzlich ihren kleinen nervösen Kopf in die Hosen eines Jungen oder zwischen die Brüste einer sehr gutaussehenden Ausländerin steckt.)

Der Ausbruch gelang. Als Geistliche verkleidet holten Villon und seine Komplizen den armen Virgili, dem Di Fausto schlicht und einfach eins in die Magengrube verpaßt hatte, aus Regina Coeli heraus: Seine Kleider waren mit Erbrochenem verschmiert. Sie luden ihn mehr tot als lebendig in den Prälatenwagen. Der halb betrunkene Villon versuchte während der Fahrt, mit ihm ins Gespräch zu kommen, konnte aber nur sehr wenig aus ihm herausbekommen. Ohne auf Virgilis Alter bestehen zu wollen, der praktisch nicht älter als 5 oder 6 Jahre war, hatte ihn der Gesetzentwurf anonymer als einen Affen gemacht. Er hatte ein schönes hageres, abgezehrtes und sanftes Gesicht, wie ein Schornsteinfeger, und eine zarte, ausdrucksvolle römische Aussprache, mit einem Tonfall voller kindlicher Frische. Als sie in der Nähe des Trastevere-Bahnhofs angekommen waren, gab Ronald Colman den Befehl anzuhalten und sagte zu Virgili: »Wir sind angekommen... Jetzt bist du frei. Adieu.« Und ohne daß der Unglückselige Zeit fand, sich zu verabschieden und zu bedanken, wurde der Wagen gestartet und verschwand: Villon hatte es eilig, auf den Strich zu gehen. Virgili schaute sich um und ging die Via Portuense entlang. Er hatte kein Ziel. In der Gegend waren ein paar Leute, ein paar Stimmen... Betrunkene, die laut redend an ein Pissoir urinierten... ein Eisenbahner, der pfeifend vorbeiging... Doch allmählich, je weiter er in dieser langen Straße vordrang, verloren sich die Stimmen, erloschen. Nur ETWAS Lebendiges war in der Luft – in der schwarzen Luft, wo von der Dunkelheit getarnt in langen Reihen der Schmutz dalag, der leicht wie Knorpel war, so daß er sich bei jedem Schritt zu Schwaden verflüchtigte, die dumpf nach Leichenwagen und Kot, nach Kohle und warmen Lumpen rochen – doch Virgili ging so behutsam, daß er diesen ruhenden Dreck, diese verdunstende Cholera, nicht im geringsten bewegte. Er ging in aller Stille zwischen den elenden Holzhütten und den halbfertigen Mäuerchen hindurch, an dem Schrott vorbei, der den Asphalt der Via Portuense (die aussah, als wäre sie gerade bombardiert worden) von der Strömung des Tiber trennte... Lichter waren selten und so starr, daß sie in der großen Stille der Peripherie wie tote, leuchtende Körper aussahen. In diesem weiten, verteerten Gebiet waren allein die schwankenden Schritte Virgilis und dieses stinkende ETWAS lebendig. Im Umkreis mehrerer hundert Meter hielt sich bestimmt kein menschliches Wesen auf: Er fühlte sich einsam inmitten all des Drecks, der Mäuerchen und der gelegentlichen Hütten. Ein Hund, der bald heulte, bald wütend bellte. Und das Gas erfüllte alles, fettig und vergiftet, blau wie die Haut der Ertrunkenen, und preßte seine laue Wärme gegen den kalten Schweiß der Schläfen. Auf einmal hielt Virgili inne, er hatte Schritte gehört, die auf ihn zukamen – die Sittenpolizei? Lucia? Eine Ku-Klux-Klan-Prozession? Sein Hausmeister? Wenige Meter weiter sah er ihn: Es war irgendein Passant, der gedankenverloren und anonym seines Weges ging. Doch als er in seiner Nähe war, zog der Unbekannte seinen Jackenkragen herunter und zeigte sein Gesicht: Es war ein Werwolf. Bevor Virgili einen Schrei ausstoßen konnte, hatte der Wolf ihm bereits die spitzen Eckzähne in die Kehle gedrückt.

Inzwischen ging Villon wütend an der Ecke der Via del Mare auf und ab: *sie*, diese Idiotin, hatte ihn versetzt.

Eigentlich, wenn man es sich genau überlegte, paßte diese Arschkriecherin sowieso nicht zu diesem Abend. Zuviel der Güte. Fast eine Stunde wartete er fluchend auf sie, während er höflich mit diesem Schwein von Zuhälter verhandelte. Zur Kategorie Virgili zu gehören, vorausgesetzt, die persönliche Identität läßt dies zu, würde also Pflichten mit sich bringen, die nicht immer auf natürliche Weise mit dem religiösen Wunsch nach höherer Sympathie für seinesgleichen und wesensähnliche vereinbar sind: Virgili sein oder *nicht* Virgili sein, das ist die Frage... Und inzwischen prägt sich auf der Netzhaut die Inschrift des Werbeplakats zur »Sklerose-Vorbeugung etc.« ein, vor dem die göttliche Hure nie vorbeigehen wird. Justitia hatte für sie eine andere Gelegenheit zum Vögeln gefunden, jemanden, der in seiner bescheidenen Art ganz Virgili war. Mit einem Fuß im Abseits, wie sollte man da leben? Der Protest, dies noble Unterfangen und Engagement, ließen bereits keine Verderbtheit mehr zu, und so ward nun Gerechtigkeit getan. Und die Nacht war nackt. Ein anderes, schweres, zerebrales Licht bleichte mittlerweile das Antisklerose-Plakat: Es war kurz vor dem Morgengrauen. Mit gehobeltem und jetzt an diesem Licht welkenden Gehirn löste sich Villon von der Ecke der Via del Mare und ging den Tiber entlang, hinunter in die Gegend von San Paolo, in die finstersten Viertel, und um dort vor Müdigkeit und Verzweiflung zu verenden. Im ekelerregenden Licht des Tagesanbruchs, das bereits blendend auf die Straße triefte, erreichte er das Borgia-Theater, wo die Türen noch offenstanden und die roten und weißen Neonröhren in den Halbschatten des Tages ein Friedhofslicht wie aus dem dritten Jahrtausend warfen. Was ging vor sich? Zwischen den von der Müdigkeit gequälten Masken schlüpfte der unverbesserliche François in das Theater. Zu der großen Versammlung waren die Stadträte, einige Abgeordnete und verschiedene Vertreter städtischer Behörden sowie selbstverständlich ein zahlreiches Publikum zusammengekommen – von den Philip Morris fast erstickt: Seit neun Uhr des vorigen Abends wurde über die Frage der *Borgate* diskutiert, Stellung bezogen und mit den Fäusten auf die Tische geschlagen. Nun waren die »unumgänglichen Eingaben« an der Reihe: die öffentliche Meinung (doch wer wußte schon, daß nur wenige Schritte entfernt, auf der anderen Seite des Flusses, der zu Brei geschlagene Leichnam Virgilis lag?) in der Beredsamkeit einer fetten Frau – fett sogar für François, der für Fettleibigkeit eine schmerzliche Leidenschaft hegte – fett und so schwarz, daß sie, hätte sie nicht eine so hohe Stellung innegehabt, *per definitionem* sehr gut an die Seite Chaplins passen würde –, die leidenschaftlich die Forderung nach der Todesstrafe unterstützte. Auf Villons Gesicht lag ein leises, triumphierendes Lächeln. Er wurde wieder zu Ronald Colman, bat um das Wort, erhielt es, und als vollkommen unauffällige Erscheinung schlug er am Mikrophon die Gründung einer Vereinigung von Lehrern vor, die freiwillig und unbezahlt arbeiten sollten, um Magliana und die anderen Vorstädte zu zivilisieren; er setzte als erster seinen Namen auf die Liste dieser heiligen Laien, dieser Pioniere der Erziehung: Seine Rede wurde mit tosendem Beifall gekrönt, und es fehlte auch nicht an der überzeugten und ausgedehnten Bestätigung eines illustren Bürgers, daß dies »der einzige *konkrete* Vorschlag der Versammlung« gewesen sei; viele Lehrer und Studienräte boten spontan ihre Mitarbeit an.

Villon verließ das Theater, während dort noch diskutiert wurde. Die verpaßte Gelegenheit nagte an ihm, die Hure gab ihm, gerade weil sie eine von Tausenden war, mit ihrem dummen Verrat das Gefühl des Verrats der gesamten Existenz. (Zum Beispiel, welch eine Schande, ein Nachtschwärmer zu sein: Wenn dies die Partnerin Chaplins erfahren hätte... mein Gott, wie viele Beweise gegen den heldenmütigen François... Sachen, »dringliche Mitteilungen«, wegen derer man von der Polizei vorgeladen, womöglich beschattet wird...) Es war noch nicht Tag, nein, die Nacht war fast noch dichter als zuvor, als er das Borgia betreten hatte. Er überquerte den Ponte Africa und erreichte die Via Portuense. Im hellen Schimmer immer noch das Geheul des Hundes, von gelegentlichem Gekläff unterbrochen... nicht einer der unzähligen scheußlichen, verknorpelten Dreckhaufen war vom Morgenwind aufgewirbelt worden, der nicht wehte – es war der Gestank des Gases, dieses einzig Lebendige, dieser riesige bläuliche Furz, der auf alles drückte; das Blech, die Ziegelsteine und das Alteisen faulten unter ihrer Schmierschicht weiter.

Nur daß sich über alles wie Striemen das weißliche Licht der Sonne zog.

Am Fuße einer kleinen zerfallenen Mauer bemerkte Villon die ersten menschlichen Überreste; der Ort war jetzt gut zu sehen, man konnte den Asphalt erkennen, den Bürgersteig, die Mauer... die Leiche lag dort, in Fetzen, wie ein Haufen Abfall, als sei sie die Anorganität selbst. Villon trat mit dem Fuß daran; er erkannte die Leiche nicht gleich, denn dort lag bloß der Rumpf; Stücke des Gesichts lagen weiter weg, überall verstreut. Er berührte einige mit der Spitze seines Schuhs, doch blutüberströmt, wie sie waren, konnte man nichts erkennen. Noch weiter weg lag etwas Schwarzes... wie ein schwarzer Punkt...: das Auge. Villon erkannte in ihm sogleich

Virgilis Blick – diesen dunklen Blick des Blonden, diesen Knabenblick des Erwachsenen, der schon aus den ersten Photographien des Ungeheuers so deutlich hervorstach: z. B. aus einer Nahaufnahme auf der Titelseite des »Europeo«. Jetzt fixierte dieses Auge Villon mit derselben Ausdruckslosigkeit, oder besser gesagt, mit demselben Ausdruck desjenigen, der WEISS, nichts anderes WEIß, als daß er... ein Krimineller ist. Die Sonne war inzwischen fast lau geworden. Weinend und nägelkauend eilte François wieder über den Ponte Africa zurück, rannte zum Borgia-Theater, wo im dichten Rauch und Scheinwerferlicht noch immer diskutiert wurde. Draußen dagegen weißte das natürliche Licht die Straßen, auf denen die ersten Karren und die ersten Lastautos zum Großmarkt fuhren; vom Schlachthof drang das muntere Brüllen der Ochsen herüber; Trompeten spielten in fernen Kasernenhöfen im Falsett, und die erste, schlaftrunken quietschende Straßenbahn begegnete dem ersten Jungen vor einem Pissoir, das weiß wie ein Brautkleid war. Im Quirinalpalast lösten sich die Wachen ab und warteten darauf, daß der Staatspräsident sich erhob und seinen Milchkaffee trank. Am Fuß des Kapitols knipsten ein paar morgenmuntere Touristen die ersten Photos: Und das Forum glänzte weiß in der Sonne, die es kaum wärmte, einer noch etwas nach Kohl riechenden, äußerst zarten, glühenden Morgensonne. Von rauchgrau bis rostgelb: eine sehr klare Luft, von den Strahlen durchfurcht, wie in einem Wohnzimmer in der Provinz in den ersten Morgenstunden, wenn die Dienstmädchen putzen, eine grünrosafarbene Lasur über den Sepia- und Grautönen der Steine; die hinreißend schöne Folgeaufnahme voller Panoramablicke umkreist die Flanken des sonnengetränkten, sonnensprühenden, sonnenharten Kapitols; Gogol, Goethe, Stendhal, Seneca, Gide: welch ein Blühen. Die Wimpern vom Licht leicht gedörrt, der Magen säuerlich und die Fingerbeeren geschwollen: doch die Membrane des Gehirns belichtet wie ein weißes Negativ der Göttlichen Architektur...

Gebrochen, mit trockenen Tränen in den Augen, wie ein Schlafwandler, stieg Villon die weite Treppe hinauf.

(1950)

Pier Paolo Pasolini

Accattone
124 Seiten mit 19 Abbildungen auf Tafeln.
Serie Piper 344

Chaos
Gegen den Terror
Herausgegeben von Agathe Haag.
208 Seiten. Serie Piper 783

Gramsci's Asche
Gedichte. Italienisch/Deutsch.
Mit einem Nachwort von Michael Marschall von Bieberstein.
192 Seiten. Serie Piper 313

Mamma Roma
118 Seiten. Serie Piper 302

Die Nachtigall der katholischen Kirche
Gedichte. Italienisch/Deutsch
218 Seiten. Serie Piper 560

La notte brava
Aus dem Italienischen von Bettina Kienlechner
99 Seiten. Serie Piper 988

Teorema oder Die nackten Füße
191 Seiten. Serie Piper 200

Vita Violenta
Roman. 444 Seiten. Serie Piper 240

Piper 76/1 a

PIPER

Giorgio Bassani

Die Brille mit dem Goldrand
Erzählung. Aus dem Italienischen von Herbert Schlüter.
106 Seiten. Serie Piper 417

Ferrareser Geschichten
Aus dem Italienischen von Herbert Schlüter.
250 Seiten. Serie Piper 430

Die Gärten der Finzi-Contini
Roman. Aus dem Italienischen von Herbert Schlüter.
358 Seiten. Serie Piper 314

Der Geruch von Heu
Aus dem Italienischen von Herbert Schlüter.
174 Seiten. Serie Piper 693

Hinter der Tür
Roman. Aus dem Italienischen von Herbert Schlüter.
174 Seiten. Serie Piper 386

Der Reiher
Roman. Aus dem Italienischen von Herbert Schlüter.
240 Seiten. Serie Piper 630

Carlo Fruttero & Franco Lucentini

Der Liebhaber ohne festen Wohnsitz

Roman. Aus dem Italienischen von Dora Winkler.
319 Seiten. Geb.
(Auch in der Serie Piper 1173 lieferbar)

»Ich erinnere mich nicht, in den letzten Jahren eine ähnlich eingängige Liebesgeschichte gelesen zu haben, die, verspielt und elegisch, zugleich so gut unterhalten und so viel Einsicht vermittelt hätte.« Frankfurter Allgemeine Zeitung

Der Palio der toten Reiter

Roman. Aus dem Italienischen von Burkhart Kroeber.
200 Seiten. Geb.
(Auch in der Serie Piper 1029 lieferbar)

»›Der Palio der toten Reiter‹ ist der aufregendste Spannungsroman, den F & L bislang geschrieben hat.« Panorama

Die Sonntagsfrau

Roman. Aus dem Italienischen von Herbert Schlüter.
527 Seiten. Serie Piper 5501

»So schön wie zwei Wochen Ferien in Italien.« Publishers Weekly

Wie weit ist die Nacht

Roman. Aus dem Italienischen von Herbert Schlüter und Inez De Florio-Hansen. 571 Seiten. Geb.
(Auch in der Serie Piper 5565 lieferbar)

»Die italienische Literatur hat bis jetzt noch keinen Dupin, keinen Poirot oder Maigret gehabt: Nun hat sie Santamaria. Fruttero und Lucentini sind Meister in der Kunst des Kriminalromans.« The Times Literary Supplement

Du bist so blaß

Eine Sommergeschichte. Aus dem Italienischen von Dora Winkler.
68 Seiten. Serie Piper 694

Das italienische Autorenduo hat eine meisterliche kleine Etüde geschrieben, eine witzige und bösartige Kritik an der italienischen Sommerkultur.

Italienische Lyrik

Giacomo Leopardi
Canti · Gesänge
Italienisch/Deutsch. Aus dem Italienischen von Hanno Helbling.
Mit einem Nachwort von Horst Rüdiger. 314 Seiten. Serie Piper 1022

Eugenio Montale
Glorie des Mittags
Ausgewählte Gedichte. Italienisch/Deutsch. Übertragen und mit einem Nachwort von Herbert Frenzel. 176 Seiten. Geb.

Eugenio Montale
Satura – Diario
Gedichte aus den späten Zyklen. Italienisch/Deutsch.
Aus dem Italienischen von Michael Marschall von Bieberstein.
191 Seiten. Serie Piper 947

Pier Paolo Pasolini
Gramsci's Asche
Gedichte. Italienisch/Deutsch. Mit einem Nachwort von
Michael Marschall von Bieberstein. Aus dem Italienischen von Toni Kienlechner.
192 Seiten. Serie Piper 313

Pier Paolo Pasolini
Die Nachtigall der katholischen Kirche
Gedichte. Italienisch/Deutsch. Aus dem Italienischen von
Toni und Bettina Kienlechner. 218 Seiten. Serie Piper 560

Salvatore Quasimodo
Ein offener Bogen
Gedichte. Italienisch/Deutsch. Übertragung und Nachwort von Gianni Selvani.
139 Seiten. Serie Piper 1111

Giuseppe Ungaretti
Ich suche ein unschuldiges Land
Gedichte. Italienisch/Deutsch. Übertragung und Nachwort von
Michael Marschall von Bieberstein. 316 Seiten. Leinen

Ciao, Bellezza

Deutsche Dichter über Italien. Ein Lesebuch
Herausgegeben von Petra und Manfred Hardt.
417 Seiten. Serie Piper 999

Italien und die Italiener in der Sicht deutscher Dichter, angefangen mit Goethes faszinierender Schilderung des römischen Karnevals über die sehnsuchtsvollen Träume der Romantiker bis hin zu den bissigen Einlassungen zeitgenössischer Lyrik, die die traditionelle Italiensehnsucht konterkarieren ... Mit Texten von über vierzig Autoren, darunter viele neuere wie Ingeborg Bachmann, Rolf Dieter Brinkmann, Günter Kunert, Ulla Hahn, Peter Rühmkorf, Friedrich Christian Delius und Rose Ausländer, vermittelt der Band mosaikartig ein Bild dessen, was deutsche Dichter und Schriftsteller aus zwei Jahrhunderten in Italien erlebt und erfunden haben.

Unter apenninischem Himmel

Italienisches Lesebuch
Herausgegeben von Patricia Reimann. 399 Seiten. Serie Piper 600

Diese Sammlung italienischer Prosa und Lyrik lädt den Leser ein zu einem literarischen Spaziergang durch die vielschichtige Wirklichkeit italienischen Lebens, wie sie sich in der Literatur des Landes während der letzten hundert Jahre spiegelt. Der Leser wird sich in erster Linie an der großen und originellen erzählerischen Kraft, mit der die Fülle der Motive gestaltet ist, erfreuen können, er wird darüber hinaus aber auch die Möglichkeit haben, die Entwicklung der italienischen Literatur vom Verismus des 19. Jahrhunderts bis zu den verschiedenen Strömungen der Gegenwartsliteratur zu verfolgen.